Csendes léptek
Gál Alexandra
2015
Publio kiadó

Ajánlom ezt a könyvet minden
KÖNYVMOLYNAK,
mert én is az vagyok! ☺

„Sikolt a lelkem
Valaki kerget,
Felriadok.
Remegő testem ébred,
Verejtéktavon...
Behunyom szemem,
Hogy visszanézzek,
Remegve, tétován...
Jön már, itt van, látom arcát,
És már tudom:
Nem az életemért,
Az életem elől futok!"

(Kishonthy Csilla: Rémálom)

PROLÓGUS

A zaj forrása egyre erősödött,
minden tagom reszketett.
Nem mertem megmozdulni,
a hideg így is a csontjaimig hatolt.
De egyben teljesen biztos voltam…
Őt akartam megmenteni, akit szerettem.
Életem utolsó percéig szeretni fogom,
még ha ez az életembe is fog kerülni.
Az árnyalak közeledett felém,
farkasszemet néztünk.
Abban a pillanatban elhittem,
hogy le tudom győzni a félelmemet…
Chrisért, bármit…

1. FEJEZET
Átkozott cipőfűző...

RÉMÁLMOMBÓL AZ ÉJJELISZEKRÉNYEN álló vekker csörgése ébresztett fel, melyet olyan erővel csaptam le, hogy leesett a padlóra. Kótyagos fejjel keltem ki az ágyból, lábamat belebújtattam a mamuszomba, aztán átvonultam a szobámmal szemközti fürdőbe, hogy rendbe szedjem magam. Megmostam az arcomat, a fogamat, majd jó alaposan kifésültem a hajamat, ami egészen összegabalyodott hála az álmomnak. A tükörbe nézve eléggé nyúzottnak tűnt az ábrázatom, de hát kié nem az egy kísértetes rémálom után?

Ahogy kiléptem a folyosóra hallgatózni kezdtem. Teljes csend uralkodott a házban, ami azt jelentette, hogy a szüleim már régen nem tartózkodtak otthon. Gyorsan bementem a szobámba, majd a szekrényhez lépve kiemeltem egy bézs színű pólót és egy koptatott csőszárú farmert. Belebújtam, aztán halvány sminket vittem fel az arcomra, a hajamat ismételten átfésültem és hagytam, hogy a hátam közepéig omoljon. A legszükségesebb holmikat bedobáltam a táskámba, aztán indultam is.

Lerobogtam a lépcsőn a konyhába, ahol anyu kézírásával egy cetli feküdt a pulton egy kis csomag croissant mellett. Mosolyogva indultam el a bejárati ajtó felé, miközben a lábamra húztam a Converse cipőmet és felvettem egy vékony pulóvert.

Hétágra sütött a nap, kellemes volt az idő. Csak néhány bárányfelhő úszkált az égen. Napsárga Volkswagen bogaram a garázs előtt várt rám, hogy együtt mehessünk Teresáért, aki tíz percre lakott tőlem és nagyon valószínűleg már a ház előtt dekkolva várt rám. Beültem, majd a gyújtásba dugtam a slusszkulcsot. Amikor a motor felzúgott üresbe téve kifaroltam az útra, hogy aztán elindulhassak.

Útközben azon járt az agyam, vajon mit jelentenek az álmaim, mert már napok óta ugyanaz a séma ment. Egy sötét alak üldözött, mire bemenekültem egy templomba, ahol ráfektettek valamiféle rituális szertartásnál használatos asztalra, vagy oltárra és mielőtt felvágták volna az ereimet az egyik alak levette a csuklyáját, és megláttam Christ. Rendszerint ekkor ébresztett fel az ébresztőórám, de volt, amikor sikoltva ébredtem fel az éjszaka kellős közepén.

Ahogy befordultam a sarkon már észrevettem az én egyetlen barátnőmet. Fekete topot viselt, hozzáillő csőszárú farmerrel. Szőke loknijai a lágy szellőben ringadozva simogatták a vállát, miközben nagy, kerek fülbevalói csillogtak a napfényben. Nagyban nyomkodta a mobilját, amikor leparkoltam mellette, és megvártam, amíg beszáll.

- ' reggelt! – köszöntem neki, mire csak egy pillantást kaptam tőle. – Jól vagy?

- Leszámítva, hogy semmit sem aludtam az éjjel... nos, remekül – levette az egyik rajtalévő napszemüveget, majd felém fordult.

Úgy tűnt a smink csak ürügy, hogy ne látszódjanak a karikák a szeme alatt. Együtt érzőn rámosolyogtam, majd elindultam.

A suliig nem nagyon beszélgettünk, ami nem volt ránk jellemző, ezért megpróbáltam témát kezdeményezni.

- Hogy van apukád?

- Jól – felelte tömören kifelé bámulva az ablakon.

- Mi a helyzet azzal a sráccal, akivel levelezel?
- Semmi.
- Elárulnád, mi bajod van? – kérdeztem kissé zabosan.
- Fáradt vagyok, de ha már a pasiknál tartunk. Mi a helyzet Chrisszel?

Erre a kérdésre aztán nem számítottam. Nem értettem minek hozta fel, amikor nem is érzek úgy a srác iránt. Na jó, talán mégis, de Chris eddig nem adta semmiféle jelét annak, hogy érdekelném őt.

- Semmi. Ő… olyan magának való, és nem hinném, hogy ez a közeljövőben változni fog.
- Jaj, hogy te milyen rosszul hazudsz, Lisa!
- Fogd be!

Elhúzta az ujját a szája előtt, hogy cipzár van rajta, de tudtam, nem ez volt az utolsó alkalom, hogy felhozta.

A SZOKÁSOS HELYEMEN PARKOLTAM le a kocsimmal, majd Teresával erről-arról csacsogva vonultunk be a többi diákkal egyetemben a folyosóra. Menet közben újból megnéztem a faliújságra kifüggesztett plakátot, ami a két hét múlvai végzősök báljáról szólt. Mivel úgy terveztem bevetem a kreatív oldalamat – szabadidőmben, ha csak tehettem varrogattam ezt-azt –, ezért Teresa megkért, hogy az ötletei alapján készítsem el neki. Reméltem nem hozza fel, mert még nem igazán voltam készen vele. Nagy szerencsémre nekem már meg volt a ruhám, amit anyuval egy leárazáson vettünk a West Side-on.

Míg barátnőm elment a mosdóba rendbe szedni magát, én addig megkerestem a szekrényemet, hogy kiszedjem a jegyzeteimet.

Egy futó pillanatig olyan érzés szállt meg, mintha valaki figyelne. Kikukucskáltam a szekrényemből, majd észrevettem a túloldalon Christ, amint a falnak dőlve, keresztbe tett lábakkal és karokkal engem figyel. Azonnal elkaptam ról a tekintetemet, és nem törődve lángoló arcommal bevágtam a szekrény ajtaját. Még vetettem rá egy utolsó, megsemmisítő pillantást aztán hátradobva a hajamat – akár a filmekben – elindultam a mosdóba.

Teresa abban a szent másodpercben lépett ki, hogy a kezem már a kilincsen volt. Mindketten megijedtünk, majd elnevettük magunkat, hogy aztán ebben a jó hangulatban menjünk be törire.

A terem már zsúfolásig telt diákokkal, amikor beléptünk, hogy aztán elfoglaljuk a helyünket, mert Mr. Davidson rögtön utánunk érkezett meg, mint mindig. Mindenki szívdöglesztőnek tartotta a maga harmincnyolc évével, sűrű sötét hajával és világoskék szemeivel. *És ahogy beszél!* Mély és halk sóhaj szakadt fel a tüdőmből, mire Teresa oldalba bökött. Végre magamhoz tértem, és most már nem lógtak kocsányon a szemeim… annyira. Igen, ez az a férfi ideál, ami mindenkinek kell. Halk kuncogást hallottam a hátsó pad felől. Megfordultam, hogy lássam, kik nevetnek. Jill Hathaway és Bianca Dark. Elég sötétek mind a ketten, de legalább most nem én vagyok reményeim szerint a nevetség tárgya, mint általában.

Ezeket a nevetséges helyzeteket az esetek kilencven százalékában nem tudtam kikerülni. Vagy egy cédula volt a hátamon, vagy rágó volt a hajamban, vagy szimplán lyukas volt a ruhám valahol. Az utóbbi nem az én hibám volt, hanem a mosógépé. Bár nem érte meg magyarázkodni, mert csak még jobban vihogtak rajtam azok a hiénák. Az órára nézve megállapítottam, hogy milyen lassan telik az idő. Mr. Davidson társaságában ez amúgy is felemelő volt.

Megint úgy éreztem, mintha valaki figyelne. Körbenéztem, és a tekintetem megállapodott az új fiún. Nem sokan bírták, mivel túlságosan is különc volt, egy másik világban élt, ezért mi is próbáltuk távol tartani magunkat tőle, annak ellenére, hogy engem valamiért vonzott. Most, hogy találkozott a tekintetünk, rám mosolyogott, ugyanúgy ahogy az utóbbi időben mindig, amitől felment bennem a pumpa. Ha tehetném, most odamennék hozzá és levakarnám azt a vigyort a képéről. Ám ahogy erre gondoltam, komorrá vált az arckifejezése és elfordult tőlem. Chris Handrickson tavaly költözött ide Atlantából. Túlságosan magának való volt, soha senkivel sem beszélgetett a tanárokon kívül. Ezért volt számomra elfogadhatatlan, hogy mostanság úgy megbámul. Legalább megszólítana vagy valami ilyesmi, de egy mosolyával még nem fog megnyerni, ha erre törekszik.

Gondolataimból az óra végét jelző csengő szakított ki. Sietve pakolászni kezdtem, de amikor megint a terem túlsó végébe vándorolt a tekintem megálltam. Chris még a cuccával szöszmötölt, de nem is ezért bámultam őt, hanem azért, mert egyszerűen csak jól esett. Volt valami kecses abban, ahogy a könyveit pakolta a táskájába. Amint végzett, felemelte a fejét, először kinézett az ablakon, amit vert az eső, majd hihetetlen gyorsasággal felém fordult. Szokatlanul nagy szemekkel méregetett, amitől gyorsabb lett a pulzusom.

Észre sem vettem, hogy Teresa a nevemen szólít, csak amikor már a pulóveremet rángatta.

- Lisa! Lisa, ha nem jössz, itt hagylak!

- Mi? – kérdeztem ügyefogyottan.

Chris felém villantott egy mosolyt, majd nagy léptekkel eltűnt a teremből. Fogalmam sincs, mi történt abban a pár másodpercben, amíg egymást néztük, de határozottan éreztem valamit, és az szokatlan volt.

A második és harmadik óra irodalom volt. Így év vége felé jobbára csak ismételtük az eddig tanultakat. Most éppen a Jane Eyre-t vettünk, amit már untam, Teresa viszont imádta. Mit lehet ebben szeretni? Világ életemben utáltam az irodalmat, a történelmet és minden olyan tantárgyat, amit nem tudtam értékelni. Számomra érdekesebb volt a képzőművészet, amiben el lehetett merülni. Alig vártam, hogy elvégezzem a gimit, mert szerettem volna valami távoli helyre jelentkezni, ahol nincsenek Jill-ek és Bianca-k, valamint olyan utálatos fiúk, mint Chris.

Ahogy eszembe jutott, mintha valami kizökkentett volna. Miért gondolok rá egyáltalán? Nem is volna szabad. Majdnem két év után is immúnisnak kellene rá lennem. Mégis, mintha egy részem belefáradt volna ebbe. Örökösen harcoltam ellene, ahogy mindenki más. De miért? Nem is ismertük, és alapjáraton kiközösítettük. A focicsapatban ugyan benne volt, de sosem láttam még beszélgetni egyik sráccal sem. Egyáltalán eljár valahová szórakozni?

Mintha villám csapott volna belém, rájöttem a megoldásra, ami kockázatos és veszélyes volt. Közel kerülni valakihez, akit senki sem kedvel, nos, nehéz, de én leszek az első, aki megteszi. Chris talán azért mosolygott ma rám olyan kedvesen, már ha az kedves számított, mert talán, de tényleg csak talán, közel enged magához. Ettől az egész képtelen gondolatmenettől borsódzott a hátam. Nyugalmat erőltetve magamra próbáltam átvészelni az órát anélkül, hogy idiótát csinálnék magamból, aminek nem kevés ember örülne.

Az elmúlt évek folyamán a legpechesebbek körébe tartoztam. Teresa volt a mentőöv, azt hiszem. Ha ő nem lenne nekem, akkor valószínűleg már öngyilkos lettem volna.

- Nos, mit szeretnétek átvenni a következő órán? – kérdezte Mrs. Huston.

Újabban mindig feltette ezt a kérdést. Én szinte sosem mondtam semmit, hagytam, hogy a többiek bevessék magukat. Magasról tettem az egészre, a lényeg az volt, hogy ne bukjak meg év végén. Nem akartam szégyent hozni a szüleimre, legalábbis ezzel tudtam volna magyarázni.

- A Rómeó és Júliát! – kiabálta be valaki, mire többen is ezt kezdték el mondogatni.

- Rendben, de akkor a következő órára mindenki hozzon magával egy példányt Shakespeare ezen kötetéből. Akinek nem lesz, azt megbuktatom!

Végre kicsöngettek. Bedobáltam mindent a táskámba, amiben már így is felfordulás uralkodott. Már mentem volna, de valaki elejtett mellettem egy rakás könyvet. Megnéztem, ki bénázik, de Jeremy már fel is állt. Szétszórt típus volt, és vele sem sokan álltak szóba. Indultam, hogy Teresa után siessek, csak hogy ezúttal nem akartak megmozdulni a lábaim, éreztem, hogy dőlök, miközben kapaszkodó után nyúlok, végül hasra estem. Hangos nevetés jött a terem végéből. Jill, Bianca és még páran rajtam röhögtek. Remek, gondoltam. Lefizették Jeremyt, hogy összekösse a cipőfűzőmet. Mrs. Huston és Teresa szerencsémre azonnal kapcsoltak, hogy aztán felsegítsenek az egyik székre. Magamban káromkodtam, és a pokolra küldtem mindenkit, aki valaha ártott nekem. A tanárnő felegyenesedve a hátsó traktusra nézett. Mondanom sem kell eléggé csúnyán.

- Maguk! – kezdte. – Irány az igazgatói!

Teresával elfojtottunk egy mosolyt, ami akkor robbant ki belőlünk, amikor már az öltöző előtt álltunk.

- Láttad az arcukat, amikor Mrs. Huston elküldte őket? – Teresa még mindig rázkódott a nevetéstől, de én már nem tartottam nevetségesnek. – Mi bajod van? – rám meredt.

Igazából én sem tudtam, miért nem nevetek már vele. Az egész nem utólag visszagondolva nem is volt olyan vicces. Megint leégtem, ezért mindenképpen jár nekem egy taps. Szörnyű ráébredni a valóságra, hogy egyeseket nem képesek értékelni mások, csak mert nem olyanok kívülről és belülről.

A folyosó végén egy sötét alak körvonala bontakozott ki, és egyesen felénk haladt. Mikor Teresa észrevette Christ, a falhoz simult, én viszont nem mozdultam az útjából. Ahogy elhaladt mellettem, nem ment arrébb, így a karja hozzáért az enyémhez. Olyan érzés volt, mintha elektromosság száguldott volna végig rajtam. Utána fordultam, és életemben először a fenekét bámultam.

Mr. Jackson megjelenése és konok tekintete elárulta, ma semmi jóra nem számíthatunk tőle. Így is lett. Az utolsóelőtti körnél úgy éreztem magam, mint aki félúton valahol elhagyta a tüdejét. Levegőért kapkodva erőszakoltam meg a lábaimat, és folyamatosan azt kántáltam magamban, hogy mindjárt vége. Teresa hamarabb lehagyott, de legalább a célegyenesben megvárt. Majdnem elértem őt, amikor Chris húzott el mellettem, úgy hogy kis híján felbuktam a saját lábamban. Barátnőm a könyökömnél kapott el, majd magában fortyogva vezetett be az öltözőbe.

És életemben először minden gyűlöletemet rá akartam zúdítani Chrisre.

2. FEJEZET
Éjféli látogató...

MIKÖZBEN HAZAFELÉ TARTOTTAM, és gondosan figyeltem, nehogy elgázoljak valakit, Chris körül forogtak a gondolataim, és azon tűnődtem, miért most vettem észre. Miért nem korábban, vagy úgy egyáltalán minek ébresztettek bennem a hormonok különös érzéseket, a sötét ruhás, sötétszőke hajú, kék szemű srác iránt. Még nem tudtam, hogyan fogom elrejteni ezeket az abnormális érzéseket a barátnőm elől, akik úgy átlátott rajtam, mint az üvegen. Amikor Chris karja az enyémhez ért, éreztem valamit. Ez nem helyes, gondoltam. Gyűlölni akartam őt, nem pedig sületlenségeken jártatni az agyamat, melyektől csak meghülyülök.

A szüleim kocsija a ház előtt parkolt, amikor leállítottam a bogaramat. Egy nagy, fekete családi autónk volt. A legújabb Ford, olyan nagy csomagtartóval, hogy többen elfértek volna benne, mint egyébként. Anya utálta, de csak azért, mert nem tudott benne kényelmesen elhelyezkedni, ha mentünk valahová. Apa imádta – ami lényegében érthető, mivel ő vette. Én, fogalmazzunk úgy, elvoltam vele. A járda szélén állt még egy metálszürke Merci is. Összeszűkült szemekkel indultam el a bejárat felé, miközben halk nevetgélést hallottam bentről. Miután kibújtam a cipőmből óvatosan közelítettem meg a nappalit, ahol a szüleim a kollégáikkal beszélgettek. Amikor megláttak megilletődve meredtek rám, mintha életükben nem láttak volna még kamaszt.

- Ó, Lisa! – anya rám mosolygott.
- Helló, mindenki! – köszöntem.

Most többre nem is futotta volna, hisz világ életemben vagy ötször, ha találkoztam ezekkel az emberekkel. Intettem egyet, majd felrohantam az emeletre. Bevágtam a szobaajtót, ezzel is jelezve, hogy egy ideig nem kívánok senkit sem látni. Mivel nem voltam éhes, úgy döntöttem gyorsan hozzálátok a házinak, majd folytatom Teresa báli ruháját, amit az év végén megrendezésre kerülő végzősök báljára rendelt. Ő kiválasztotta az anyagot, nekem meg leadta a rendelést.

Már most bedobtam a táskámba Shakespeare Rómeó és Júliáját, mert nem akartam megbukni, még ha ez annyira nem is érdekelt. Egyszer unalomból nekiültem és elolvastam. Az efféle történetekre valahogy nem voltam fogékony. Nekem nem jött be ez a meghalunk egymásért dolog. De legalább volt fogalmam arról, mit írt Shakespeare.

Leültem az asztalhoz, és hozzákezdtem a leckémhez. Matekból a logaritmussal foglalkoztunk. Ez sem volt a szívem csücske, de lényegesen nagyobb érdeklődést mutattam a számtan irányába. Irodalom és történelem nekem egyre mennek. A matekkal nagyjából fél óra alatt elkészültem, utána jöhetett a biokémia. Egy kísérlet alapján – ami mellesleg a könyvben volt – kellett kifejteni a véleményünket. Elővettem egy nagy, A/4-es sima lapot, és felírtam rá a nevem. Kinyitottam a biokémia könyvet a kettőszáznegyvenedik oldalon, hogy áttanulmányozhassam a kísérletet, meg a mellette lévő leírást. Hozzá kell tennem, egy kukkot sem értettem az egészből. A fejem reakcióként elkezdett fájni. Fogtam a lapot, félbehajtottam, majd betettem a könyvbe, mint egy könyvjelzőt. A könyvemet összecsuktam és elraktam a táskámba. Úgy döntöttem nem vacakolok Teresa ruhájával, helyette korán megfürdök és ágyba bújok.

Miközben kerestem egy tiszta pizsamát, folyamatosan Chrisen járt az agyam. Valamiért nem tudtam másra gondolni, csak rá. A gyönyörű szemeire, a kócos hajára, csábító ajkaira... *Na jó, most hagyd abba!* A gondolataim teljesen ellent mondtak a korábbi érzéseimnek. Chris nem az a srác, akiért epekednem kellene. Az ördöggel szövetkezem, ha még szóba állni is megpróbálok vele. Teresa ezt nem venné jó néven.

Lassan nyitottam ki az ajtót, kikukucskáltam a folyosóra, de csak azért, hátha hallok valamit lentről. Nevetés. Mi a fenén tudnak ezek ennyit nevetni?

Átsiettem a fürdőbe. Amikor becsuktam az ajtót, valamitől meglebbent a hajam. Libabőrös lett a karom a levegőváltozástól. Először arra fogtam, hogy nyitva maradt a tetőtéri ablak, de zárva volt. Mégis fáztam. Gyorsan levetkőztem fehérneműre, feltűztem hosszú, vöröses-fekete hajam, aztán megnyitottam a csapot. Ledobtam a maradék ruhát magamról, utána beálltam a meleg víz alá. Máris sokkal jobban éreztem magam, mint egy fél másodperccel ezelőtt.

Nem sokáig totojáztam a zuhany alatt. Körülbelül öt perccel később törölközőt tekertem magam köré, és visszamentem a szobámba. Megint füleltem egy kicsit, de a nagy csenden kívül nem hallottam semmi mást, ami megnyugtató is volt és egyben idegesítő. Biztos elmentek a szüleim munkatársai. Vállat vontam, mert nekem ugyan mindegy, hogy meddig maradnak itt, csak engem hagyjanak békén. Megint bezárkóztam az én saját kis birodalmamba.

Felvettem a már kikészített halványkék pamut pizsamámat, kifésültem a hajamat, hogy aztán a szeplőimet kezdjem tanulmányozni a kis tükrömben. Jó, szeplős voltam, de az erős napfénytől mindig több jött elő, mint amennyi általában az arcomat borította. Ezeket az aprócska foltokat az apámtól örököltem, míg anyámtól a csokoládébarna szemeket, meg az enyhén sötétbarna hajamat. Nem igazán szerettem, ezért amint betöltöttem a tizenhatot, már festettem is be a hajam. Ami a mostani állapot szerint inkább fekete volt, itt-ott vörös melírcsíkokkal.

Anya szerint a koromhoz képest túl erős, apa szerint meg csak feltűnősködni akarok. Az én véleményem szerint meg nem nagyon akarok senkire sem hasonlítani, csak magamra. Az öltözködésembe pedig már végképp nem volt beleszólásuk. Mindig a legújabb trendnek megfelelően öltözködtem, sőt tizenöt évesen direkt úgy, mint Miley Cirus. Tegyük hozzá, nem arattam sikert a stílusommal, mert nem voltam sztár, csak az utcánkban. Mrs. Clarks és a lányai állandóan bámultak reggel, mielőtt elindultak volna az iskolába, és lám másnap mindig olyan ruhában voltak, mint én.

Odakint lassacskán besötétedett, és az az átkozott lámpa már égett a túloldalon, teljes fényárba vonva ezzel a szobámat. Csak azért nem húztam be sosem a sötétítőfüggönyöket, mert ha éjszaka ki kellett mennem, nem akartam összetörni magam. Nem mintha a kis lámpa kapcsolója olyan messze lett volna tőlem. Ma valahogy nem volt kedvem vacsorázni. Hallottam anya hangját lentről, de nem reagáltam rá. Bebújtam a takaró alá és elhelyezkedtem.

Mikor a párnára ért a fejem átnyúltam a távirányítóért és bekapcsoltam a tévét. Valami ostoba vetélkedő ment az egyes csatornán. Egy ideig néztem, de nem olyan sokáig, hogy tovább bírjam.

Kapcsolgattam még a tévét, míg végül úgy döntöttem, hogy álomra hajtom a fejemet. Kikapcsoltam a készüléket, és oldalra fordultam az ablak felé. Tiszta volt az esti égbolt. Néhány csillagot is láttam, meg azt az átkozott lámpát. Aztán szép lassan álomba merültem.

Chris arca ezúttal is megjelent az álmomban. Kivételesen nem azon a szörnyű helyszínen voltunk, hanem egy üres légtérben, ahol kettőnkön kívül nem tartózkodott senki. Elmosolyodott, majd szólásra nyitotta a száját, de nem értettem, mert hangtalanul beszélt. Hegyeztem a fülemet, de semmit sem hallottam. Gondterhelten nézett rám, majd felém nyújtotta a kezét. Tétován kinyújtottam az enyémet, hogy végre megérinthessem őt, de ekkor az álom szertefoszlott.

Felriadtam. Zihálva szedtem a levegőt, de nem azért, mert rémálmom volt, hanem mert a valóságban olyasmi történt, amire egyáltalán nem számítottam. Teresa persze azt mondaná, hogy Chrisszel álmodni már önmagában is rémálom. Az ablaknak csapódott valami, mire akkorát ugrottam az ágyban, hogy megreccsent alattam. Aztán újra és újra. Majdnem felsikoltottam a félelemtől. Mi az isten? Megfordult a fejemben, hogy felkelek és szólok a szüleimnek. Majdnem sikerült elhatározásra jutnom, amikor a padló nyikorogó hangot adott ki, mintha lépkednének rajta. Az ablakon pedig jobban zörgött az a valami. Egészen állig felhúztam a takarót és vártam arra, hogy ez az egész véget érjen.

Az óra piros számai szerint éjfél volt. *Éjfél?* Ez valami vicc? Majdnem felnevettem ezen az abszurd dolgon, amikor megéreztem, hogy az a valami elkezdi lehúzni rólam a takarót. Erősebben markoltam meg, de alig sikerült tartanom. Nem, nem, nem! Aztán jeges fuvallat tört be valahonnan, ami egészen a koponyámig hatolt, mire felsikoltottam.

Nem tudom mennyi idő telhetett el, amikor felfogtam, hogy valaki a vállamnál fogva rázogat és a nevemet kántálja. Lassan nyitottam ki a szemem, pedig nem is emlékeztem rá, hogy becsuktam volna. Anya aggódó arcába bámultam bele.

- Lisa, mi a baj? Mi történt? – kérdezte.

Én csak néztem rá, majd felültem és körbenéztem a szobában. Minden rendben volt, kivéve…

- Lisa, te kinyitottad az ablakot? – apa úgy állt ott, mintha éppen egy talányt próbálna megfejteni.

- Nem – feleltem az igazságnak megfelelően.

- Édesem, úgy megijesztettél a sikoltásoddal… Amikor bejöttünk, dobáltad magad – anya szemébe könnyek szöktek, mintha maga sem hinné el azt, ami történt.

- Mindegy, holnap szereltetünk egy másik zárat az ablakra.

Bólintottam, miközben azon igyekeztem, hogy ne vegyék észre a remegésem.

Miután magamra hagytak, nem tudtam elaludni. Valójában nem is mertem. Attól tartottam, hogy megismétlődik, és azt nem akartam. Holnap biztos hulla fáradt leszek, de nem érdekel, csak még egyszer ne történjen meg, ami ma éjjel. A sötétet kémlelve, állig takarózva reszketett minden tagom.

3. FEJEZET
Furcsaságok...

SZÓ SZERINT MEGRIADTAM MAGAMTÓL, amikor tükörbe néztem. Bevásárlószatyor méretű táskák uralkodtak a szemem alatt, a hajam pedig akár egy szénaboglya. Sietve letusoltam, hajat mostam, majd kicsit tisztán és illatosan úgy éreztem jobban vagyok. Persze a külső szemlélőnek lehet, hogy így tűnik, de aki nagyon is ismer, az észreveszi, hogy valami nyomaszt. Örültem, hogy egyik szülőmmel sem kell összefutni reggelről, mert nem akartam beszélni velük az éjjel történtekről. Összedobtam magamnak egy szendvicset, kivettem a hűtőből egy fél literes kólát, majd kivonszoltam magam a kocsimhoz.

Teresával, nem sokat beszélgettünk, ezért nem mondtam el neki az álmomat és az éjjel történteket. Valahogy nem volt hozzá merszem, mert tudtam, hogy kinevet. Más már nem is hiányzott volna. Anya és apa ugyan nem említették, hogy senkinek nem szóljak róla, de azért gondoltam nem örülnének, ha azt terjesztenék rólam, hogy őrült vagyok. Nem szívesen jártam volna pszicho-dokihoz, akivel beszélgethetek ezekről a fura rémálmokról, meg arról, hogy holdkóros vagyok és kinyitogatom az ablakot, csak nem emlékszem rá.

Első órán nem figyeltem oda, és Jill egyik talpnyalója, Sara arcon dobott a labdával. Nem tört be az orrom, de úgy éreztem, mintha egy lufi lenne a fejem helyén. Mr. Jackson odajött hozzám, hogy megvizsgálja az arcomat, de ahogy mondta, csak piros, nem lesz maradandó, és másnapra nem lesz lila az egész képem. Ez valahogy mégsem dobott fel. Miközben a padhoz kullogtam kiszúrtam Christ, amint engem bámul. Megint. A pálya szélén állt, és bemelegítő mozdulatokat végzett. Tele volt már vele a pucám, így felpattantam a padról, és egyenesen elindultam felé.

Teresa felém kapott, de arrébb oldalaztam, így nem ért el. Kitartóan haladtam a cél felé. Mikor Chrisnek feltűnt, hogy odamegyek hozzá, megállt és rám mosolygott. Ugyanúgy, mint álmomban. Ettől megszédültem, és botladozni kezdtem. Jaj, ne! Talán agykárosodásom lett attól a hülye labdától. Éreztem, hogy forog velem a világ, és előre dőlök. De ahelyett, hogy arccal előre zuhantam volna a kemény aszfaltra, helyette erős karok kaptak el. Felemeltem a fejem és Chris arcát pillantottam meg. A szemembe nézett, én meg az övébe. Nem tudom mennyi ideig bámultuk egymást, amikor éreztem, hogy lángba borul az arcom. Mi a fene? Amikor rájöttem, mi történik, ellöktem magamtól.

- Hogy képzeled?
- Tessék? – kérdezte.

Istenem, de helyes hangja van. De nem adom meg neki az örömöt, hogy lásson még egyszer elpirulni, csak mert hatással van rám, amíg meg nem tudom, mit néz rajtam állandóan.

- Ne tegyél úgy, mintha nem tudnád, miről van szó! Elárulnád, mi a fenéért lesel folyamatosan?

- Fogalmam sincs, miről beszélsz – mondta. – De ez talán a labdának köszönhető – közölte pajkos mosollyal.

Mindig az a hülye mosoly, amivel sikerült legyőznie. De nem mindig lesz ez így!

Legszívesebben levakartam volna a képéről, ehelyett

sarkon fordultam, és visszamentem a padra. Barátnőm tágra nyílt szemekkel meredt rám, amikor leültem mellé. Nem mondtam neki semmit. Olyan ideges voltam, mint amilyen még sosem.

- Elárulnád mi volt ez? – kérdezte csöppnyi éllel a hangjában.

- Semmi! – abszolút nem volt kedvem beszélni erről, mert akkor kikotyognám a rémálmomat.

Chrisre sandítottam egy másodpercre, csak azért, hogy tudjam, már nem én vagyok számára a középpontban. Folytatta a bemelegítést. A mozdulataiban volt valami vonzó, valami ellenállhatatlan, mégis valahányszor rám nézett, majd felrobbantam a méregtől. Várjunk csak! Mik jutnak eszembe? Vonzó és ellenállhatatlan? Valószínűleg agymosáson mentem keresztül az éjjel, mert eddig Chrisről ilyenek nem jutottak eszembe.

- Miért nem fotózod le? – lépett be a képbe undokoskodva Jill.

Nagy bánatomra a srác abbahagyta a tornát, és felénk fordult. Engem nézett, gondolom, arra várt, mit fogok mondani. De semmilyen értelmes gondolatom nem támadt, amivel visszavághattam volna.

- Csak nem tetszik neked az a lúzer? – Jill felnevetett. – Tulajdonképpen te is az vagy.

- Miért nem szekálsz valaki mást?

Mind azt hittük rosszul hallunk. Chris Jill mögött állt, alig pár centire tőle. Valamiféle kegyetlenség ült az arcán, ahogy a lányra nézett.

- Hogy mi? – Jill megpördült, és felvette szokásos lenéző arckifejezését. – Valakinek nem tetszik, ha bántják a kis Lisát? Te lettél a testőre, vagy mi?

- Azt mondtam, hagyd őt békén! – Chris hangja cseppet sem volt normális.

Jill csak nézett előre, és azt hiszem, próbálta eldönteni, most mihez is kezdjen. Ekkor a teremben szél keletkezett. Olyan volt, mintha… Nem, az nem lehet.

- Menjünk, lányok! – szólalt meg Jill, mire a szél abbamaradt. Jill egészen közel lépett Chrishez. – Ezt még meg fogod bánni!

Chris utána nézett, de nem foglalkozott vele. Helyette megállt előttem, mint valami monstrum.

- Jól vagy? – kérdezte lágyabb hangon.
- Magam is megmondtam volna neki – olyan hülye vagyok.

Láttam, hogy Teresa is ugyanezt gondolja.

- Azt láttam. Leblokkoltál – mondta.
- Hát…, köszi szépen, de legközelebb hagyd, hogy én mondjam meg neki a magamét – a hangom magabiztosan csengett annak ellenére, hogy Chris közelségétől nem éreztem így.
- Oké – csupán ennyit mondott, majd hátat fordított nekünk, és elment.

Sietve átöltöztem az öltözőben, és csodák csodájára Jill és a csajbandája békén hagytak engem és Teresát. Most mást szekáltak, de nem a mi évfolyamunkról. Kinéztek maguknak egy béna kis elsős csajt, aki még nálam is esetlenebb volt. Bár lehet, én is ugyanilyen voltam, de mostanra már megedződtem. Az viszont nem tetszett, hogy Jill olyan szemét volt Chrisszel. Nem mintha ennek érdekelnie kellene, mégis foglalkoztatott a dolog.

Törin előkotortam a naplómat, és lejegyezzem a tegnap éjjel történteket, meg ami ma tesin történt. Mivel nem nagyon beszéltem meg senkivel a dolgokat, így inkább leírtam a leges legjobb barátomnak… ez esetben a naplómnak.

Május 17.

Nincs kedves naplóm, mert már unom ezt a bevezetést. Egyszerűen csak fejest ugrok a dolgokba.

Tegnap éjjel Chrisről álmodtam. Beszélt hozzám, de nem értettem. És, amikor majdnem megfogtam a kezét, akkor valami nekicsapódott az ablaknak. Felriadtam, naná, majdnem összepisiltem magam a félelemtől, de azért tartottam magamban a lelket. Bármi is volt, komolyan kivert tőle a víz. Nem elég, hogy az ablak majdnem betört, még a padló is nyikorgott. Utána meg az a valami megpróbálta lehúzni rólam a takarót, és ekkor, azt hiszem, sikoltoztam. Legalábbis anya ezt mondta, meg hogy dobáltam magam.

Tiszta horror!

És ma? Chris megvédett Jilltől. Igazából már egészen hozzászoktam, de hogy őt is belevonta, az már nekem is sok volt. De Chris olyan fura. És... mintha titkolna valamit.

Ezen az utolsó mondaton megakadt a szemem.
Miért írtam ezt? *Talán, mert így van* – súgta egy hang
a fejemben.
Oldalra fordítottam a fejemet, hogy rá nézzek.
Előre szegezett tekintettel hallgatta a tanárt, jelét sem
adta annak, hogy érdeklődne irántam. Eddig mindig
megérezte valamilyen módon, hogy figyelem, de
most…? Mindenesetre érdekesnek találtam, amit
leírtam a naplómba.

4. FEJEZET
Forró csokoládé...

EGÉSZ NAP ZOMBI-ÜZEMMÓDBAN ténferegtem egyik óráról a másikra, ezért alig vártam, hogy Teresával bevetessük magunkat az iskolától pár sarokra lévő internetkávézóba. Az idő olyan szép volt és meleg, hogy egyikünknek sem volt még kedve haza menni. Úton a kávézóhoz azon tanakodtam miként adjam elő magam, de még mindig nem volt merszem neki elmondani az „éjféli kalandot", meg azt, amire Chrisszel kapcsolatban jutottam. Igazából attól tartottam, ha elmondom, őrültnek titulál és soha többé nem áll szóba velem. Amit nem bírnék ki.

A netkávézó ilyenkor dugig volt diákokkal, amikor leparkoltam a szemközti oldalon. Szinte mindenkinek ez volt a törzshelye. Szerencsére a szokásos asztalunk szabad volt, így oda ültünk le. Max, a tulaj – aki vagy két méter magas volt, szikár, fekete hajú, barna szemű, teljesen mexikói – megállt mellettünk és a szokásos mézes-mázas mosolyát villantotta ránk.

- Hozhatom a szokásosat? – kérdezte.

Mi csak bólintottunk egyet, mire Max el is ment. Az asztalon volt valami szórólapféleség. A színei miatt felkeltette az érdeklődésemet. A kezembe vettem és jobban megnéztem, mi áll rajta. Valami kiállításról írtak rajta, ami a jövő héten lesz. Szerettem ilyen helyekre járni, mert olyankor senki sem szekált. Egy napra önmagam lehettem.

Max két perccel később meghozta a forró csokoládénkat és a csokis kekszeket. Megköszöntük neki, és ismét elment, hogy felvegye a rendelést másoktól is.

- Azta! – Teresa a hátam mögé bámult, mire megfordultam.

És igen, ott volt álmai hercege, Edison Gilligan. Nem egyedül ült természetesen, hanem a haverjaival. Ő végzős volt, és eszében sem jutott olyanokkal szóba állni, mint én vagy Teresa. Jóképű volt, talán aranyos. És persze kedves azzal, aki szóba mert állni vele. Egyszer még tavaly fogadást kötöttünk Teresával, hogy oda mer-e menni hozzá. De persze nem tette meg, így én nyertem.

- Ne törd magad, sosem fog észrevenni – mondtam mintegy megnyugtatásképpen, de Teresa még mindig őt bámulta. – Ugyan, fejezd már be!

- Ó, te jó ég!

Fenébe, hogy nincs egy nyugodt napom! Megint megfordultam, csak hogy ezúttal nem azt láttam, hogy Edison a haverjaival társalog, hanem egyenesen felénk tartott. Mi a fene? Teresa levegő után kapkodott, míg én… Nos, én csak ledöbbentem. Tény, hogy magas volt, de így, ahogy ott állt mellettünk, még magasabbnak tűnt. Vállig érő, szőke, hullámos haja volt és barna szemei. Szögletes arca kedvesnek tűnt.

- Sziasztok!

Teresa most akadt ki, gondolom Edison hangjától. Ed kihúzta az egyik széket, és engedély nélkül leült.

- Forró csoki? – kérdezte.

- Igen, az – feleltem, mert hű barátnőm egy kukkot sem tudott szólni. – Miért vagy itt? – talán kicsit faragatlannak tűnhettem, mert meglepődve pislogott párat.

- Nos… – megköszörülte a torkát. – A barátnőd le sem veszi rólam a szemét, és… gondoltam ide jövök.

Hú, ez aztán az észrevétel! Teresa lejjebb csúszott a széken, mire bokán rúgtam. Forgattam a szemem párszor, majd felálltam.

- Hová mész? – barátnőm hangja kicsit kétségbeesett volt.

- Csak… veszek néhány fánkot anyáéknak – hazudtam, és ott hagytam őket.

Eszemben sem volt hallgatni a flörtölésüket, jól tudtam, hogy Teresa el fogja mesélni, ha más nem, telefonon, hogy hogyan alakultak kettejük között a dolgok. Edison tényleg rendes srácnak tűnt, mindenki szívét megdobogtatta, kivéve az enyémet. Nekem olyan báty típus volt.

Odamentem a pulthoz és megálltam Max mellett.

- Na, mi a helyzet? – kérdezte, amikor letett egy tisztára törölt üvegpoharat.

- Teresának hódolója akadt – fejemmel az asztalunk felé böktem.

- Ó, így már érthető miért vagy itt. Viszel a fánkból? Most sültek ki.

- Persze – belekortyoltam az italomba.

Kicsit bántam, hogy el kellett jönnöm az asztaltól, mert leckét akartam csinálni és főként beszélgetni, de majd otthon. A házi megvár… sajnos. Így is el kell olvasni a Rómeó és Júliát, amihez nekem nem fűlött a fogam.

- Szia.

Majdnem félrenyeltem. Chris Handrickson a maga 182 centijével ott állt előttem, és megint mosolygott, kivéve a szemét. Letettem a bögrémet, anélkül, hogy egy cseppet is kiöntöttem volna belőle. Őt figyeltem, miközben ezernyi kérdés tolult vele kapcsolatban az

agyamba. Próbáltam rendszerezni mit is kellene
először kérdeznem, de amint az arcára néztem, máris
elfelejtettem mindent.

- Mit csinálsz itt? – úgy tettem, mint akit nem
igazán érdekel, de valójában sütött rólam ennek az
ellentéte, mert a srác mosolyogva fürkészte az
arcomat.

- Csak gondoltam, benézek ide. Mindenki azt
mondja, mennyire jó ez a hely, és lám… igaza van,
mert itt vagy te is…

- Hú, de szellemes – motyogtam viccnek szánva.

Chris megmerevedett, mintha valami szitokszót
mondtam volna. Eltűnt az arcáról az iménti mosoly.
Komor tekintettel meredt először rám, majd az ajtóra.

- Valami rosszat mondtam? – kérdeztem kicsit
kedvesebben.

- Nekem… mennem kell – mondta úgy, mintha
nem tudná eldönteni, mit is akar valójában.

Már elindult, amikor valami láthatatlan erőtől
vezérelve utána indultam. Úgy tűnt megbántottam,
ezért hajtott egy érzés. Bocsánatot akartam tőle kérni.
Az ajtóban sikerült elkapnom a csuklóját, mire a más
jóleső elektromosság száguldott végig rajtam.
Elrántottam a kezem. Félénken felnéztem az arcára,
de a tekintete világossá tette, ezt nem kellett volna.
Míg én totálisan lefagyva álltam, ő addig kicsusszant
két belépő ember között, és már jócskán lehagyott,
amikor végül futva, de beértem.

- Várj! – lihegtem.

Összegörnyedtem, és a térdemen támaszkodtam
meg. Chris nem nézett rám, tulajdonképpen mintha
semmire sem nézett volna. Végül kiegyenesedtem és
a kezéért nyúltam, de hátrébb lépett.

- Ne! – a hangjában fájdalom volt.

- Miért ne? – valamiért tudni akartam.
- Haza kell mennem.
Nem hittem neki, így mielőtt elindulhatott volna, elé álltam. Csípőre tettem a kezeimet és vártam. Tudni akartam mivel bántottam meg.
- Lisa, …kérlek.
Ahogy kimondta a nevemet, megenyhültem. A kezeim lecsúsztak a derekamról, és csak lógtak. Chris arcára valami rettenetesen nagy fájdalom ült ki. A tekintete ködös volt, és… nem tudom leírni, mit is láttam bennük.
- Nem jössz vissza?
Mintha visszatért volna. Egy pillanatig csak meredten bámult, majd valami lassan elindult benne.
- De, csak mert ilyen szépen kérted.
Felemelte a kezét, de még mielőtt megérinthetett volna, ökölbe szorítva leengedte.
Együtt mentünk vissza az internetkávézóba, ahol végre volt pár szabad asztal. Teresa és Edison még mindig beszélgettek, de időnként barátnőm felnevetett valamin. Futólag odamentem hozzájuk a táskámért, addig Chris kiválasztott egy viszonylag távol eső asztalt. Éreztem, hogy Teresa követ a tekintetével. Amikor elkaptam, döbbenetet láttam rajta. Igen, alig ismerem ezt a srácot, máris több van köztünk, mint kellene. Talán az álmom egy jel volt.
Kissé feszültem foglaltam helyet, próbáltam az asztallapot bámulni, mint újdonsült partneremet. De a jeget ideje volt félig meddig megtörni, ezért úgy láttam jónak, ha megszólalok.
- Iszol valamit? – kérdeztem tőle.
- Csak, amit te – Chris vállat vont, mire Max-nek jeleztem, hogy kérek két forró csokit. – Sokat jársz ide? – érdeklődött.

- Hát… igen – most minek hazudjak. – Érdekes, hogy te még sosem tévedtél be ide – jegyeztem meg.

- Nos, igen. Az ember azt hinné, ha lakik valahol, akkor felderít minden számára érdekes helyet. Gondolom, te mindent ismersz a városban.

- Ugyan. Szerény tizenhét évem alatt nem sok mindent térképeztem még fel.

- Pedig ez jött le ma reggel, amikor tesin feldúlva odajöttél hozzám. Lisa…?

Kezdte volna, de az egyik pincér megjelenése beléfojtotta a szavakat. Amikor mind a kettőnk elé odakerült az ital, nem mertem az arcára nézni, mégis túlságosan is erős késztetést éreztem, hogy a pillantásomat rá szegezzem. Figyeltem, ahogy megkevergeti párszor, majd a szájához emeli és nagyot kortyol belőle. Szinte kíváncsian vártam a reakcióját. Amikor lenyelte, olyan volt, mintha magában elemezné az ízét.

- Nos? – türelmetlen voltam.

- Határozottan ízlik.

- Juj, de jó! Vagyis… – éreztem, hogy ég az arcom. Sikerült magam leégetnem előtte. – Bocs.

- Engem nem zavar, ha önmagad vagy – mondta, és küldött felém egy mosolyt, amitől mostanában ki akart ugrani a szívem a mellkasomból.

- Kérdezhetek valamit? – igyekeztem elterelni magamról a figyelmét.

- Persze. Bármit.

Ha bármit, akkor remélhetőleg nem sértődik meg.

- Miért vagy egyedül a suliban?

Mintha megleptem volna a kérdésemmel. Először csak nézett engem, majd felnevetett. Nem tűnt dühösnek, amiért efelől érdeklődtem.

- Ez nem saját döntés. Ti kizártatok, akkor minek erőlködjek?

Ez sajnos igaz volt, de az ő szájából hallani egészen más. Igyekeztem szánakozó arcot vágni, de inkább olyan bocsánatkérősre sikeredett. Nem mondtam semmit, helyette belekortyoltam a forró csokimba, de a mohóságom miatt cigányútra ment az ital, mire krahácsolni kezdtem.

- Minden rendben? – kérdezte aggodalmasan.

- Persze… – nyögtem ki rekedt hangon, majd távol toltam magamtól a bögrét.

Chris felvont szemöldökkel meredt rám, mire a maradék önbizalmam is elpárolgott. Még beszélgettünk erről-arról, de gondolatban már máshol jártam. Talán mégsem volt olyan jó ötlet, hogy barátkozást vagy mit kezdeményezzek, annak ellenére, hogy reggel úgy letámadtam, míg ő megvédett Jill keménykedésétől.

5. FEJEZET
Vérző szirmok...

APA, MINT AHOGY ÍGÉRTE, új zárakat szereltett az ablakomra, hogy éjjel ne nyíljon ki, viszont így én sem tudtam kinyitni. Ez némileg frusztrált, de ha az éjjel eszembe jutott, akkor már nem is zavart annyira. Ott ültem az ágyon, és folyamatosan Chrisen kattogott az agyam. Komolyan furcsa volt, és nem az a fajta, aki csak szimplán más, mint a többiek, hanem az, aki egy rettenetesen nagy dolgot titkol az ember elől.

Például ma a kávézóban. Amikor sötétedni kezdett, felállt és már indult is. Semmilyen érvet nem tudtam felhozni, miért maradjon. Köztudott volt róla, hogy sosem járt sehová szórakozni, ma mégis miattam bejött a netkávézóba, és megivott velem egy forró csokoládét. Amikor kimondta, hogy *miattam*, akkor a szívem őrült sebességre kapcsolt.

Előkotortam a naplómat, és megpróbáltam értelmes mondatokban összefűzni a mai napot.

Május 17. este

Chris komolyan furcsa, és nem igazán tudom megfogalmazni. De először nem erről írok. Azt hiszem, Teresa és Edison összeillő páros. Ma legalább is a kávézóban izzott körülöttük a levegő. Remélem, összejön neki, mert elég régóta epekedik a srácért. Ed a leghelyesebb srác az iskolában, de nekem nem az esetem.

És itt jön képbe Chris. Ma megjelent a kávézóban, és amikor azt mondtam, hogy nagyon szellemes a megjegyzése, teljesen megváltozott. Nem tudom, ki hisz és ki nem a szellemekben, de én eddig sosem hittem bennük. De most? Chrisszel sokat beszélgettünk, de ez nem volt olyan fesztelen. Végtére is önszántából döntötte el, hogy odajön, mert tudta, hogy ott leszek. Igen, ekkor veszítettem el magam. A hangja csábító volt, amire az ember szívesen elalszik esténként.

Az egészet az a hülye alkonyodás törte meg. Chris felállt, kifizette a számlát és elment. Én meg ott ültem, és azon gondolkoztam, mit mondjak, hogy maradjon még. Elkaptam párszor Teresa pillantását, amiből tudtam, hogy erről még beszélni fogunk.

Hazajöttem, és most itt írok. Nem tudom, mi van velem. Ha Chris eszembe jut, mindenem forr, viszont ha az este jut eszembe,

akkor meg rettegek. Remélem ma nyugodt

éjszakám lesz.

Egy kiadós tusolás után, kettesben voltunk anyával a konyhában, és éppen a vacsoránkat költöttük el. Apának vissza kellett mennie az irodába, mert valamit megint elkevertek.

– Arra gondoltam, a hétvégén átugorhatnánk a nagynénédékhez – közölte anya óriási lelkesedéssel.

A torkomon akadt a falat. A nagynéném volt az utolsó ember, akit mindenki látni akart. Mary néninek pár éve meghalt a férje, és azóta sok különös dolog történt körülötte. Ha csak azért akarnak elmenni hozzá anyáék, hogy rólam beszéljenek, akkor itthon maradok. Viszont… eszembe jutott ez az egész kísértet-dolog, és rájöttem, erről beszélhetek vele.

– Most hétvégén? – kérdeztem lassan.

– Igen. Apád mind a két napra szabadnapot vett ki, addig George vezeti a céget – anya elmosolyodott.

– Két napra? Miért, mikor megyünk?

– Pénteken délután és csak vasárnap este jövünk vissza. Teresa ki fogja bírni nélküled és te is nélküle. Mellesleg egész évben hajtottál, neked is szükséged van egy kis kikapcsolódásra.

– De éppen Mary néninél? – ezt valamiért képtelen voltam felfogni.

– Lisa… tudom, hogy amiatt aggódsz, ami múlt éjjel történt, de az új zárakkal ez nem fog megismétlődni.

– És ha mégis? Honnan vagy ebben olyan biztos? Anya, nem téged utál a fél suli, nem téged szekálnak, és nem téged zaklatnak kísértetek az éjjel! – teljesen kikeltem magamból. Talán át is léptem a határt, de képtelen voltam visszafogni magam.

Anya csak bámult rám, a villa kicsúszott a kezéből. Igen, túlmentem, de most nem számított. Olyan sok éven át nem mondtam el. És most? Már nem bírtam magamban tartani.

- Miért nem mondtad el, Lisa?

- Mert... idő kellett hozzá. Érted? És már... nem bírom tovább, anya. Én nem vagyok olyan, mint te meg... meg apa – majdnem sírni kezdtem, de sikerült lenyelnem a könnyeimet. – Most megyek aludni.

Biztos akart még valamit mondani, de felsiettem a lépcsőn, még mielőtt megszólalhatott volna. Istenem, sosem akartam megbántani a szüleimet. Eddig olyan ügyesen tartottam magam, de az utóbbi időben egyre nehezebb volt. És ma este lehullott rólam a nyugalom álarca. Már nincs értelme megjátszanom magam a szüleim előtt. És Teresa? Nem, neki még nem mondok semmit.

Amint felértem a szobámba, a kezembe vettem a telefonomat. Fogalmam sincs mihez akarta kezdeni vele. Talán felhívnék valakit, aki megért? De ki az? Inkább visszatettem az éjjeliszekrényre, majd bebújtam az ágyba. Égve hagytam a lámpát, hátha ez elijeszti azt a valamit. A görcs a gyomromban nem akart eltűnni, amitől képtelen voltam elaludni. A mennyezetet bámultam, miközben idegesen csavargattam a takaróm sarkát. Futólag az órára néztem, és nagy sajnálatomra még csak tíz óra múlt két perccel. Éjfélig akár aludhatnék is, de nem voltam álmos valahogy.

Azon járt az agyam, hogy mihez fogok kezdeni, ha megismétlődik a múlt éjjel. Ha bekövetkezik, akkor el fogom mondani Teresának, aztán felkeresek egy pszichológust, aki majd segít rajtam. Anya és apa pedig mindent meg fognak tenni annak érdekében, hogy ne zárjanak őrültek házába. Meg aztán nem sokan dicsekednének vele, hogy a tizenhét éves gyerekük megbolondult. Felnevettem, és most először sikerült őszintén nevetnem ezen a katyvaszon. Minden a feje tetejére állt, én meg itt nevetek, mint aki komolyan megőrült.

Lehunytam a szemeimet, és próbáltam nem gondolni semmire. Nem tudom, talán elaludhattam, mert amikor reflexszerűen kinyíltak a szemeim, sötét volt, és az oldalamon feküdtem. A sötétítő be volt húzva, amit sosem szoktam. Először arra fogtam, hogy anya settenkedett be, és ő kapcsolta le a villanyt, meg ő húzta be a függönyt. Magamban imádkoztam, hogy így legyen. De ekkor hideg levegőt éreztem meg a karomon, amitől libabőrös lettem.

Nyakig húztam a takarót, miközben óvatosan átfordultam a másik oldalamra. Az órán 23 óra 59 perc volt. Magamban számoltam vissza éjfélig. A hideg levegő rosszabb volt, mint hittem. Még a takaró alatt is éreztem. Átjárta minden porcikámat. Csipogni kezdett az óra, és a számok átváltottak.

Éjfél.

Az ablakon megint zörögni kezdett az a valami. Folyamatosan, mintha verné vagy valami ilyesmi. Az utca túloldalán lévő fénynek köszönhetően megláttam egy árnyat elsuhanni az ablak előtt. Felültem az ágyon és figyeltem. Megfogadtam, hogy ezúttal nem fogok sikítani. Óvatosan felkeltem, és az ablakhoz léptem. Félrehúztam a függönyt, de nem láttam odakint semmit sem. Teljes csend uralkodott kint és bent. De ez csak pár másodpercig tartott, mert megnyikordult mögöttem a padló. Ijedten pördültem meg, a halvány fényben derengő szobába bámultam, mintha lenne ott valami. Nem volt, ennek ellenére reszkettem, mint a nyárfalevél. Lépéseket hallottam, melyek közeledtek felém. Az ablakot eltalálta valami kemény. Egyszer... kétszer... háromszor... aztán a fagy megint a koponyámig hatolt.

Éles sikoly hagyta el a torkomat, mire egyszerre több dolog történt. Az ablak kinyílt mögöttem, a szüleim rémülten rontottak be hozzám, én pedig majdhogy nem elsápadva figyeltem az ágyamon heverő vörös rózsaszirmokat.

6. FEJEZET
Kémia...

APA MÁR RÉG ELMENT DOLGOZNI, amikor felkeltem. Anya este arra a véleményre jutott, hogy a hétvégéig a lenti vendégszobában kell aludnom. Bántam is, meg nem is. A költözéssel nem volt sok gondom, de azzal már igen, hogy ezentúl ő vagy apa fog iskolában vinni. Tisztára, mintha ovis lennék. Szándékosan lassabban készülődtem a kelleténél és a hangulatomnak megfelelően fekete és szürke ruhákba ötöztem fel. Feltűztem a hajamat, majd felvettem a napszemüvegemet, eltakarva vörös szemeimet. Anya türelmetlenül dobolt az ujjával a korláton, a csuklóján lévő karórát nézte, amikor méltóztattam lemenni a földszintre. Szótlanul mentünk ki a bogaramhoz, sóvárogva szemeztem a kormánnyal, de tudtam a mai napra anyáé.

A kocsiban halkan szólt a rádió. Anyával egy szót sem szóltunk egymáshoz, meg aztán az este történtek után nem láttam értelmét bármilyen irányú csevegésnek. Ha elkezdené a hétvégi kiruccanásunkat, az egy újabb vitához vezetne. Tíz perccel később lefékezett az iskola előtt. Egy ideig csak ültünk egymás mellett, továbbra is szótlanul. Olyan volt, mintha mind a ketten vártunk volna valamire. Aztán anya megszólalt:

- Lisa, ugye nem lesz gond? – a hangja tele volt aggodalommal. – Kérlek, ígérd meg, hogy szólsz, ha nem hagynak békén.

- Anya... – kezdtem, de egy intéssel belém fojtotta a szót.

- Teresa ma haza kísérhetne. De este ígérem, időben otthon leszek – odahajolt és puszit nyomott az arcomra, mint mindig.

- Megígérek mindent – mondtam neki, amikor bevágtam a kocsim ajtaját.

Rám mosolygott, és már ott sem volt. Duzzogva megfordultam, hogy elinduljak befelé, de Teresa elállta az utamat. Sugárzott, amikor rá néztem. És… ki volt öltözve. Valamiért mégsem éreztem képesnek magam arra, hogy végig hallgassam, de nem akartam én lenni a szőrös szívű barátnő, ezért mélyet sóhajtva megadtam magam a kíváncsiságnak.

- Mi történt veled? – kérdeztem a ruháját nézegetve.

- Ó, nem fogod elhinni! – nem is kellett rá kérdeznem, mert egy szuszra elhadarta, hogy Ed randizni hívta, és szeretne vele jobban megismerkedni.

Ha ő boldog, akkor én is, ez már csak így van rendjén. Nem tudom miért, de egy láthatatlan erőtől vezérelve balra fordítottam a fejem. A nagy tölgyfa lombjának árnyékában ott állt Chris. Lustán a fa törzsének támaszkodott, és szokásához híven engem nézett. Legszívesebben odamentem volna hozzá, hogy kedvesen köszöntsem, de nem tudtam hogyan reagálna rá, hogy az egész suli láttára megszólítom. Talán nem lenne akkora bűn megnyílni egy kicsit és élvezni a tiltott gyümölcsöt, mert a srác kétségtelenül annak számított.

- Már értem, miért nem figyelsz rám – Teresa hangja visszarántott a valóságba.

- Mi?

- Mi van köztetek? És egyáltalán, mi történt tegnap?

- Ez… hosszú – még magam sem értettem az egészet, és Chris közeledése önmagában is felvetett egy rakás kérdést.

- Én akkor is tudni akarom, Lisa – tudtam, hogy Teresa nem fog békén hagyni ezzel.

- Oké, állítólag csak kedve támadt benézni a netkávézóba, én meg éppen ott voltam, és… egyszerűen csak elkezdtünk beszélgetni.

- Miről?

- Jaj, hagyj már! – megint nem voltam valami túl jól.

A tegnap éjjel és ez a kora reggeli hőség is lefárasztott. Levettem a pulcsimat és a derekamra kötöttem.

- Hú, de csini felsőd van – Teresa szinte elolvadt a topomtól.

- Anyámmal vettem még a múlt héten, amikor anyagot kerestünk a blúzomhoz. Jut eszembe… a hétvégére kész lesz a ruhád. Ma nekiesek, mert pénteken elutazunk.

- Mi? Hová? – Teresa szemei tágra nyíltak.

- Mary nénihez. Nem sok kedvem van hozzá, de… van valami, amiről beszélnem kell vele.

- És én nem tudhatok róla?

- Mi vagy te… valamiféle gondolatolvasó? – ezen aztán mind a ketten jót nevettünk.

Első két óra angol irodalom volt, ami olyan unalmas volt számomra, hogy majdnem elaludtam. Mrs. Huston felolvastatta az első felvonást, amitől teljesen kifeküdtem. Amúgy is fáradt voltam, úgyhogy a karjaimra feküdtem, és hallgattam Rómeó és Júlia történetének kezdetét. A felolvasás alatt, azt hiszem, elszundítottam, mert arra riadtam fel, hogy

Teresa lökdös. Kidörzsöltem a szememből a csipákat, majd barátnőmhöz fordultam. Beleásítottam a képébe.

- Mi van, nem aludtál az éjjel?
- Ezt én is kérdezhetném – Mrs. Huston csípőre tett kezekkel tornyosult fölém.

Gyorsan körbenéztem, kik tartózkodnak a teremben. Rajtam és Teresán kívül még Chris volt bent – hozzáteszem eléggé érdeklődve és feltűnően bámult –, meg pár lány.

- Sajnálom tanárnő, többször nem fordul elő – mormogtam a lehető legbűnbánóbb arckifejezésemmel.
- Remélem is, különben beszélnem kell a szüleiddel, Lisa – azzal sarkon fordult és visszament az asztalhoz.

Chris érdeklődése nem hagyott alább. Felkapta a maradék cuccát és egyenest odajött hozzánk. Teresa arcán teljes volt a döbbenet, de én kevésbé voltam ennyire... döbbent. Mintha kezdenék immúnis lenni rá.

- Jól vagy? – odahúzott egy széket az asztalhoz és ráült.
- Remekül vagyok – hazudtam.
- Ez nem igaz. A vak is látja, hogy mennyire sápadt vagy, Lisa – Chris előrébb hajolt. Az arca alig pár centire volt az enyémtől. – Legalább légy őszinte – halk volt a hangja.
- Oké, nem vagyok jól, de majd az leszek. Akarsz még valamit hallani, tudni rólam? – minden könyvemet elpakoltam, majd felálltam.
- Feltétlenül muszáj ilyen flegmának lenned a tegnapi után? – kérdezte ridegen, majd kimasírozott a teremből.

Teresával csendesen kullogtunk át a biokémia terembe. Nem firtatta Chris viselkedését, de azért jó lett volna, ha megemlíti, akkor legalább rájövünk, miért ilyen velem, vagyis miért próbál meg kedves lenni. A hátsó padban ült, és amikor a helyem felé tartottam, elkaptam a pillantását, ám ő rögtön el is fordult. Teresa valamiről fecsegni kezdett, de nem igazán figyeltem rá. Szünetben úgy is elmondja megint, és akkor fel tudom fogni.

Most minden gondolatom Chris kötötte le, aki egyedül volt a terem leghátsó zugában, és a kutya sem törődött vele. Rajtam kívül. Mrs. Perri felrajzolt egy kísérletet a táblára, amit nekünk kellett végre hajtani. Teresa felvette a fehér köpenyt, meg a védőszemüveget, és elkezdte összehasonlítani a kis üvegcsékben lévő folyadékokat. Követtem a példáját, de szinte fel sem fogtam, mit csinálok.

- Szerinted Christ érdekelni kezdted?

A kérdésére eltátottam a számat. Hát észrevette, nem mintha nem lenne nyilvánvaló. Lehet, hogy rám van írva. Megdörzsöltem a homlokomat, mintha valamit le akarnék róla törölni. Vetettem egy óvatos pillantást a terem hátsó része felé, mert volt egy olyan érzésem, hogy figyelnek, de tévedtem. Ő rám se hederített.

- Talán – ennyit bírtam mondani.

- És neked is bejön? Mármint ez a hűvösség és tartózkodás mindentől?

- Most erre válaszolnom kellene? – felvontam az egyik szemöldököm, és Teresa felé fordultam félig, amit nem kellett volna.

A kezemben lévő cső megbillent és kifolyt a másik kezemre. Majdnem felüvöltöttem a fájdalomtól. Olyan érzés volt, mintha le akarnák tépni a húst a kezemről. Mrs. Perri felkapta a fejét és odafutott hozzám.

- Uramisten! - szörnyülködött

Nekem ennyi bőven elég volt. Szédülni kezdtem, és ez csak erősebb lett, amikor megláttam azt a pici vértócsát, ami a lábam előtt volt.

- El kell vinni az orvosi szobába! – mondta parancsként.

- Majd én elkísérem! – mondta egyszerre Teresa és Chris.

A teremben feszült csend lett, mert Chris-ről senki sem feltételezte volna, hogy hajlandó segíteni bárkinek is magán kívül. Teresa felhorkantott, de nem szólt egy szót sem.

- Rendben. Jobb is, hogy ketten mennek vele.

Chris odalépett mellém és átkarolta a derekamat, majd Teresával a nyomunkban az ajtóhoz vezetett. Zsibbadt az egész karom és szinte már alig éreztem. Ahogy kiléptünk a folyosóra, még jobban forogni kezdett velem a világ.

- Minek játszod a hőst? – Teresa majdnem futott utánunk, de feszültebb volt Chris jelenlététől, mint én. – Tetszik neked Lisa?

- Semmi közöd hozzá! – sziszegte Chris.

Ebben nem volt igaza, de nem tudtam megszólalni. A fájdalom bilincsként szorította a torkomat. Végül leértünk a földszintre, ahol az orvosi szoba volt. Senki sem ment be oda szívesen, mert egy idősödő, ötven év feletti férfi volt a doki. Többször hallottam, hogy molesztálta a lányokat, akik bementek hozzá. Megfeszültem, nem akartam tovább menni. Chris valószínűleg nem értette, mert még erősebben tartott.

- Gyere már, mindjárt ott vagyunk.

- Nem… akarok – nyöszörögtem.

- Lisa, egyet kell értenem Chrisszel. Ha tetszik, ha nem, be kell menned.

Fél perce még dühöngött, erre most igazat ad neki? Kedves barátnőmön időnként csak úthengerrel lehetett elmenni. Az ajtó, aminek a küszöbét nem akartam átlépni, egyre közeledett felém. A szédülés és a zsibbadás olyan erővel lett úrrá rajtam, hogy minden kezdett a homályba veszni. Hangok törtek be az elmémbe, de már semmit sem érzékeltem, mert elájultam.

7. FEJEZET
Döntéshelyzet...

VALAMI ÁGYFÉLESÉGEN TÉRTEM magamhoz. Körülöttem minden halványlila volt, amit furcsának tartottam, mert egy orvosi szobának mindig fehérnek kellene lennie. Felültem és körbenéztem a szobában. Festmények a falon, vázák az asztalon, anya sötétlila függönye a karnison.

Otthon vagyok.

Nyílt az ajtó, mire Teresa feje jelent meg. Mikor tudatosult benne, hogy magamnál vagyok, és nem képzelődik, akkor kitárta az ajtót, és nagy döbbenetemre nem egyedül jött be, hanem másik megmentőmmel. Azt hittem most én látok rosszul, még pislogtam is párat, hogy felfogjam. Teresa leült az ágy szélére, Chris viszont tisztes távolságot tartva megállt zsebre tett kezekkel.

- Hogy vagy? – érdeklődött halkan barátnőm.

- Először én kérdezek! – emeltem fel a kezem. – Hogyhogy itthon vagyok?

- Amikor elájultál, a doki hívta az anyukádat, aztán kitisztították a sebedet, nos... nagyon undi volt, én mondom, de túlélted a vegyszerekkel való találkozást, és nagy örömünkre ellóghattuk veled a többi órát – Teresa ledobta a cipőjét, majd felmászott mellém az ágyra.

Én alig értettem az egészet. Chrisre néztem.

- Te mit csinálsz itt?

- Anyukád megkért, hogy segítsek a becipelésednél. De már itt sem vagyok, ha akarod – már meg is fordult.

- Ne! – a hangom ijedt lett hirtelen. Teresa tekintete szinte égetett. – Mármint, még ne menj el – mondtam kicsit nyugodtabban. – Köszönöm a... segítséget.

- Nincs mit. De nekem tényleg el kell mennem, mert lenne néhány dolog, amit el kell intéznem. Szóval... – Chris Teresára nézett, majd vissza rám. – Sziasztok.

Nem tudom meddig, de összefonódott a tekintetünk, némán kommunikáltunk egymással. Végül megszakította, megfordult és behúzva maga mögött az ajtót, elment. Teresa arcát bámultam és vártam, mikor tör ki a benne bugyogó vulkán, míg felkúsztam mellé. De mivel nem bírtam tovább, én szólaltam meg előbb.

- Te képes voltál megkérdezni tőle, hogy tetszem-e neki?

- Igen – vágta rá, de még mindig nem nézett rám.

- Elárulnád, mi bajod van? – meg akartam fogni a kezét, de elhúzta.

- Komolyan kérdezed, Lisa? – Teresa erőltetetten felnevetett. – Chris a bajom és az, ahogy mostanában viselkedsz. Nem ismerek rád. Olyan vagy... mintha... – beharapta a száját.

- Mintha?

- Mintha megszállt volna valami – fejezte be végül.

Hát nem éppen erre számítottam tőle. Alig két és fél nap alatt nem vonhatta le, hogy megváltoztam csak azért, mert bejön nekem a srác. Mintha egy sötét erő, egy láthatatlan szál vonzott volna felé. Nem mertem rá nézni, mert tudtam, hogy elmondanám neki a kísértet-sztorit az álmaimmal együtt. De nem tehettem meg, mert előbb beszélni akartam Mary nénivel.

- Miért haragszol Chrisre? – törtem meg a csendet.
- Mert egy lúzer, és… nem érdemel meg téged. Ennyi!
- Hazudsz. Mióta vagyunk mi ilyenek egymással? – bántott, hogy Teresa nem meri elmondani nekem a véleményét.

De mitől lenne ő különb nálam? Valójában még érthető is. Ott helyben el akartam süllyedni és eggyé válni az ággyal.

- Ne haragudj, de olyan fura, hogy te és Chris…
- Én és Chris? Mi nem járunk, sőt nem is ismerem – mondtam nevetve.
- De tegnap beszélgettetek. Nem mondhatod, hogy nem, mert láttam Lisa.
- Teresa, az tegnap volt. Tudod azért, mert… nos, mi azért… – nehezemre esett ezt elmondani neki, de legalább erről tudnia kellett. – Azt mondta, csak miattam jött a netkávézóba.

Mint azt gondoltam, Teresa szája tátva maradt a döbbenettől. Ha a helyében lettem volna, én is így reagálok. Végül csak annyit mondott, hogy haza kell mennie, ami nekem eléggé gyanús volt. A barátnőm sem volt már a régi, és ennek az okát sürgősen ki kellett derítenem. Kizárt, hogy Edison miatt így megváltozzon.

Visszadőltem a párnákra és megnéztem a kezem. Be volt kötve jó szorosan, amitől az ujjaim lila színben játszottak. Megpróbáltam rajta egy kicsit lazítani, de fájdalom nélkül nem igazán ment. Leejtettem magam mellé a kezem és gondolkozni kezdtem. Semmi sem volt jó, és ennek az egésznek Chris és a szellemek az oka, vagy esetleg a nagy készülődés a végzősök báljára, ahová valószínűleg egyedül fogok menni. Teresa Edison partnere lesz, én meg majd ott állok és iszogatok.

És akkor megfogant bennem, hogy mit fogok csinálni. Elég őrült ötlet, de manapság szükség van őrült ötletekre. Elővettem a fiókból a naplómat és egy tollat, majd kinyitottam egy üres oldalon.

Május 18.

Kedves Naplóm,

végre rájöttem, mihez kezdjek ezzel a tengernyi dologgal, amitől nem tudok szabadulni. Először is elmondom az igazat Teresának, ha holnap találkozunk az iskolában. Remélem nem fog komplett idiótának nézni, és utána is a barátom marad. Sőt azt is tudnia kell, hogy Mary nénivel erről akarok beszélni.

A második lépés, hogy megköszönöm Chrisnek a segítségét, amit ma tett értem, és megpróbálok összebarátkozni vele. Chris elég magányos típusnak tűnik, és úgy vettem észre, szüksége van a társaságra. Bár, elég fura, hogy engem szemelt ki magának.

Mindegy holnap lépni fogok. Lisa Nackre

senki se mondja, hogy béna.

Még egyszer átfutottam, amit leírtam, majd összecsuktam, és ez egyszer nem a fiókba tettem vissza a naplót, hanem a matrac alá. Nem mintha bárkinek is kellene, de sosem lehet tudni. Ha meghalok, legalább ennyi megmarad utánam.

Apa hétkor jött haza. Amikor meghallotta, mi történt velem az iskolában, szinte felpörgött a riadalomtól. Próbáltam meggyőzni, hogy semmiség, és meg fog gyógyulni, de nem tudtam leállítani. Legalább is én nem, csak anya, amikor kiszólt a konyhából, hogy mehetünk vacsorázni. Apa elmesélte az egész napját, ami engem eléggé untatott ahhoz, hogy ott ásítozzak nekik. Egyikük sem szólt rám, de megtehették volna. Már le akartam feküdni, hiába voltam egész délután ágyban.

- Ez a Chris rendes fiúnak tűnik – szólalt meg anya.

A torkomon akadt a falat és köhögni kezdtem. A szüleim rám néztek.

- Lisa...

- Ne most – nyögtem ki, és megittam a vizet, ami a poharamban maradt.

- De nem mondhatod, hogy nem helyes. Apád is hasonlóan jóképű volt ebben a korban – anya sejtelmesen rá mosolygott apára.

- Laura, lecserélsz egy tizenéves fiúra? – apa természetesen viccnek szánta, mert őszintén felnevetett.

Tudtam, hogy a szüleim szerelme végtelen egymás iránt. Azt hiszem, ritka, ha két szülő még hosszú évek múlva is ennyire szereti egymást. Én már most tudtam, hogy velem ez másként lesz.

- Na de, Rob! – anya apa felé tett egy fenyegetőnek nem nevezhető pillantást.

- Este megbeszéljük.

- Bocs, de kiskorúak is vannak itt. Nem lehetne másról beszélgetni?

Anya és apa rám néztek, mintha csak most tűntem volna fel nekik igazán. Anya elvörösödött, apa meg teletömte a száját. Én meg ott ültem, és ide-oda néztem, mint egy teniszmérkőzésen. Sosem jutottam dűlőre velük, de tudtam, hogy mint egyetlen gyermekük, imádnak engem. Ettől az imádattól természetesen sosem szálltam el. Sőt, rövid pórázon sem voltam tartva, mert nem költekeztem.

A bankkártyámhoz is csak akkor nyúlhatok, ha betöltöm a tizennyolcat, de engem a pénz nem érdekelt. Azt hiszem sosem fog. Újra ásítottam egyet.

- Lisa, ideje lefeküdnöd. És holnap itthon maradhatnál.

Anyára néztem.

- Minek? Jól vagyok. És írni is tudok, mert nem a jobb kezem sérült meg. Menni akarok.

- Rendben, csak egy ötlet volt.

- Majd akkor ajánld fel, amikor rosszabbul leszek – mondtam, és felrohantam a lépcsőn.

Már korábban megfürdöttem, most csak átöltöztem pizsamába. Még nem volt kedvem lefeküdni, inkább leültem az íróasztalhoz, és életre keltettem a laptopomat. Ritkán használtam, de néha találtam hasznos dolgokat a neten. Amint bejelentkezett, fel is mentem az internetre. Kezdőoldalnak a Google volt beállítva. Remek, gondoltam, és beírtam az első szót, ami eszembe jutott.

Kísértetek.

8. FEJEZET
Hallucináció...

RÖGTÖN A LEGELSŐ LINKRE KATTINTOTTAM, nem is vacakoltam a kereséssel. Elsőre nem tűnt valami rengetegnek, amit találtam, de azért elolvastam.

„Egy kísértet egy halott személy (ritkábban állat) állítólagos megnyilvánulása. Az általános elképzelés szerint a kísértet az elhunyt személy testetlen szelleme vagy lelke, ami a Földön marad a halál után. Némely hagyomány szerint a kísértet csak az illető személyiségének maradványa, és nincs közvetlen kapcsolatban szellemmel vagy lélekkel. A világ valamennyi kultúrája hordoz kísértetekről szóló történeteket, de különböznek az elképzeléseik arról, hogy pontosan mik is ők, és hogy mennyiben valóságosak, vagy csak a képzelet szülöttei. Olyan lények, melyek normális emberként élve élősködnek a még nem elhunyt emberek között. Állítólag át tudnak formálódni emberi szemnek láthatatlanná, de a gépeket (például

fényképezőgép, kamera) nem tudják becsapni.
Egy régi fotós egy kastélyt próbált
lefényképezni, aminek a históriájában egy nő
halt meg. A fotós visszahívatta a kémiai fotót,
és látott rajta egy félig átlátszó szoknyás nőt.
A kép felvételekor a fotós nem látott semmit."

Ezt igen érdekesnek találtam. Eldöntöttem, hogy veszek egy fényképezőgépet és szórakozásból, csak úgy kattintgatok vele. Tovább folytattam, hátha még ennél jobbra is bukkanok.

"A kísértetek mérete és alakja megegyezik
az élőlényekével, de "ezüstös", "homályos",
"félig átlátszó" vagy "füstszerű". A
parapszichológia az "anyagot", amiből a
kísértetek vannak, "ektoplazmának" hívja. A
kísérteteknek nincsen anyagi testük, mint az
eleven embereknek, ehelyett asztráltestük van.
Gyakran nem teszik magukat láthatóvá,
hanem más módon érzékeltetik a jelenlétüket,
mint például tárgyak mozgatása, hangok
kiadása stb., amelyekre állítólag nincsen
természetes magyarázat.

A nyugati világban gyakran tartják a szellemeket olyan lelkeknek, amelyek képtelenek haláluk után nyugtot lelni, és ezért vándorolnak a Földön. A megnyugvásra való képtelenség magyarázata sokszor egy elvégezetlen feladat, például egy áldozat, aki bosszút akar állni a saját haláláért. A bűnösök néha azért maradnak a világban, hogy elkerüljék a büntetést a túlvilágon, mint a Pokol vagy a Purgatórium. Egyes elképzelésekben a kísértetek a Limbo lakói, ami az a hely, ahova a meg nem keresztelt gyermekek kerülnek. Nem árt megjegyezni, hogy a Biblia tanításait követő keresztény egyházak nem hisznek a szellemekben, mint visszatérő halottakban, és az ilyen jelenségeket a legjobb esetben is démonoknak tulajdonítják."

Tehát nem lehet őket látni, ha nem akarják. De én határozottan emlékeztem, hogy előző este láttam valamit, és nem csak képzeltem. Talán templomba kellene járnom. Majdnem felnevettem saját magamon.

Persze tárgyak még nem repkedtek nálam, csak a takaró került le rólam, de ez önmagában is éppen elég volt. Aztán újra átfutottam, és megakadt a tekintetem azon a szón, hogy „bosszút akar állni". Rajtam? Én a légynek sem tudnék ártani. Felállt ettől az egésztől a szőr a karomon, de azért elolvastam a végét.

„Bár vannak, akik hisznek a szellemekben, a tudományos közösség többsége elutasítja a szellemek létezését. A szkeptikusok a kísértetészleléseket legtöbbször az Occam borotvája-jelenséggel magyarázzák, ami kimondja, hogy több lehetséges magyarázattal szembesülve az ember hajlamos az egyszerűbbet választani. Gyakran rámutatnak arra is, hogy a legtöbb észlelés akkor történik, amikor az érzékelési képességeink korlátozottak, és hogy a bizonyítékok nem lehetnek meggyőzőek, mert nem történnek olyankor, amikor képességeink tökéletes birtokában vagyunk.

Gyakran megkérdőjelezik a kísértettörténetek terjesztőinek motivációit is. Sokan terjesztik, hogy kísérteteket láttak, csak azért, hogy megrémisszenek másokat, vagy hogy személyes hírnévre tegyenek szert. Például, a kísértetekről szóló pletykák segítenek távol tartani a gyerekeket azoktól a helyektől, ahol megsérülhetnek (például egy elhagyott háztól). Egy átokról szóló híresztelés segíthet elriasztani a sírrablókat. Egy »halottlátó« vagy médium ellenben könnyű bevételre tehet szert, ha azt állítja, hogy kapcsolatba lépett a halottakkal."

Na, ettől még inkább kiakadtam. Újból átfutottam az egészet, és magamban azon gondolkoztam, hogy ebből mi igaz, és mi nem. És vajon Mary néni is tudja-e mind ezt? Volt még pár szó, amire rákattinthattam volna, de azok annyira nem érdekeltek.

Sikerült kitalálnom, mit is fogok csinálni, de nem ma este. Az órára pillantottam és láttam, hogy elszaladt az idő. Már majdnem tizenegy óra volt. A gyomrom görcsbe rándult a félelemtől, hogy egy óra múlva jön a „rémálom". Titkon még mindig azt reméltem, hogy most már vége lesz.

Kikapcsoltam a gépet, majd az ágyhoz mentem. Töprengtem magamban, hogy a lámpát égve hagyjam-e, de amikor bebújtam a takaró alá, mégis lekapcsoltam. Hosszan bámultam a mennyezetet, és szinte zakatolt az agyam a sok új információtól. Próbáltam felidézni magamban, hogy kis koromban a szüleim tiltottak-e sötét és idegen házaktól. Greensboro-ban lehet nincsenek is, vagy csak nekem nem tűntek fel eddig.

Lecsuktam a szemeimet, és úgy merültem el az álmokba, hogy próbáltam nem félni semmitől. Megint Chrisszel álmodtam. Ezúttal sokkal másabb volt, mint az előzőben. Fehér inget és szakadt farmert viselt. Sötétszőke haja össze-vissza meredezett, gyönyörű zöld szemei mosolyogtak. Megint kinyújtotta felém a kezét, amit ezúttal sikerült megfognom.

- Végre – mondta.

Én majdnem padlót fogtam, amikor megszólalt. Talán a múltkor nem figyeltem eléggé, és azért nem hallottam. Hangja simogatta a lelkemet.

- Hol vagyunk? – kérdeztem, mert nem ismertem fel a helyet.

- Bárhol, ahol csak akarod – sejtelmesen elmosolyodott.

- Néha jó lenne bárhol lenni – mondtam, mintha ennek lenne értelme az álmomban. – De most komolyan! Chris, hol vagyunk? – már majdnem hisztizni kezdtem, hogy mondja meg, amikor a mutatóujját a szájához emelte.

- Sss, és figyelj! – közelebb lépett hozzám. – Hunyd le a szemed és hagyatkozz az érzékszerveidre!

Először csak bámultam rá, de utána követtem az utasításait. Becsuktam a szemem és figyeltem. Hallottam a távolban repkedő madarak csicsergését, egy folyó csendes zúgását. Éreztem a bőrömön a nap melegét, és… Chris végig simított az arcomon.

Ez furcsa volt, mert mintha az álmomon kívül a valóságban is éreztem volna. És az is fura, hogy ilyeneken gondolkodom. Chris újra végig simított az arcomon. Miért ilyen fura minden? Kipattantak a szemeim és megláttam őt. Ott állt felettem, a keze pár centire az arcomtól. Meglepődött, amikor észrevette, hogy ébren vagyok. Pislogtam párat, majd a villanykapcsolóért nyúltam, de amikor végre fény árasztotta el a szobát, csak én voltam ott.

9. FEJEZET
Műmosoly...

ANYA MOST NEM VITT EL AZ ISKOLÁBA, helyette
Teresa jelent meg fél nyolckor. Apa nyomott egy
puszit az arcomra, majd elengedett és hagyta, hogy
beüljek Teresa mellé. Most, hogy ránéztem, már nem
is volt olyan nagy kedvem elmondani neki ezt az
egész kísértet-dolgot. Meg aztán Chris... Chris,
mindig ő!

- Idegesnek tűnsz. Jól vagy? – Teresa szemei
röntgensugárként próbáltak meg átlátni rajtam.

- Jól – dünnyögtem magam elé.

- Hát... nem hiszem el. Tudod miért? Táskás a
szemed, tehát nem aludtál az éjjel. Gyerünk, mondd
el, Lisa!

- Nem tudok róla beszélni! Szóval... ne erőltesd –
pedig itt lett volna a remek alkalom, erre én meg
elszúrom. – Bocs.

- Megértem, majd elmondod, ha akarod – Teresa
rám villantott egy mosolyt, de nem volt igazi.

Az iskoláig némán ültünk egymás mellett. Teresa
szórakozottan dobolt ujjaival a kormányon, miközben
én egy papírfecnit gyűrögettem. Még volt pár
kilométer az iskoláig. Tuti ki fog nevetni, vagy ami
még rosszabb, őrültnek fog hinni. Mindegy, el kell
mondanom, különben megbolondulok.

- Teresa... – kezdtem idegesen.

- Hm? – nem nézett felém.

- Te hiszel... hiszel a kísértetekben?

Ahogy Teresa szeme felém rebbent, el akartam
süllyedni, vagy levegővé válni.

- Oké, ne mondj semmit. Rád van írva. És… vedd úgy, hogy nem mondtam semmit – ostobának éreztem magam.

- Kísértetek? Egyáltalán van olyan, aki hisz bennük? – a kérdés túl általános volt, én még is válaszoltam rá.

- Mary néni.

Teresa leállította a motort. Most tűnt csak fel, hogy megérkeztünk az iskola parkolójába. Megfejthetetlen volt a tekintete.

- Ne már Lisa! A nénikéd a férje halála óta fura. De… miért beszélünk erről?

- Mert valami történik velem, és el akartam neked mondani – hadartam és éreztem, ahogy elvörösödök.

- Kísértetek? – kérdezte újra.

Azt hittem képen vágom, ha még egyszer felteszi. Tudhattam volna, hogy hülye ötlet egyáltalán belekezdeni is.

- Csak nem… kísértenek? – mintha mosoly suhant volna át az arcán.

- Mit tudom én! – vágtam rá ingerülten, és kiszálltam az autóból.

Meg sem várva Teresát az iskola felé masíroztam. Vállamra vettem a táskámat, miközben járt az agyam. Hülye vagy, Lisa, gondoltam magamban.

- Hé! – Teresa elkapta a karomat. - Várj! Én nem akartam úgy tűnni, mintha nem hinnék neked, csak… fura.

Szembefordultam vele, de előtte elhúztam tőle a karomat.

- Nekem is fura, elhiheted. De… – nagyot nyeltem mielőtt folytattam. Most az egyszer nem érdekelt, kik figyelnek minket. – Hétfő óta minden éjjel folyik ez az egész. A szüleim is ki vannak készülve – közel voltam ahhoz, hogy elbőgjem magam.

- Lisa... ha attól jobb, nekem elmondhatod.

Lefolyt egy könnycsepp az arcomon, és hálás pillantással néztem Teresát, majd átöleltük egymást. Ő volt a legjobb barátnőm, és örültem neki, hogy ennyire megért, és nem menekül el az első bolondok házába, hogy becsukasson. Fél perc múlva elhúzódott, és rám mosolygott, de volt ebben a mosolyban valami fura. Mintha csak erőltette volna, hogy jobban érezzem magam.

- Menjünk – mondta.

Irodalmon még mindig a Rómeó és Júlia volt a téma. Már nem sok volt belőle, de valahogy a felolvasás most nem untatott, és nem tudtam eldönteni miért. Teresa irkált valamit a füzete szélére. Hátra pillantottam. Jill és Bianca elmélyülten beszélgettek valamiről, miközben sűrűn Henri irányába néztek. Elfordítottam róluk a tekintetem és egészen másfelé néztem. Chris pár paddal előttem ült, és a falnak dőlve hallgatta Ray-t, amint felolvassa Rómeó utolsó párbeszédét.

Amikor Emma Júlia szövegét kezdte, Chris rám nézett és elmosolyodott. Kedves és érdeklődő volt a mosolya. Egész testemben bizseregni kezdtem, és arra gondoltam, hogy itt fogok elolvadni, ha még sokáig így néz. Aztán eszembe jutott a tegnap este, és elkaptam róla a tekintetem. A füzetem szélét hajtogattam, és vártam, hogy végre kicsengessenek. Pontosan akkor, amikor a felvonásnak vége lett a csengő is megszólalt. Teresával fáradtan kullogtunk végig a folyosón.

Ő énekre tartott, míg én képzőművészetre. Ez az egyetlen óra nem volt közös vele, és olyankor rosszul éreztem magam, mert rajzon senkivel nem tudtam beszélni, ráadásul lehet, hogy ma nem is csinálhatok semmit. Búcsút intettünk egymásnak és mentünk órára. Már majdnem bementem a terembe, amikor valaki finoman elkapta a csuklómat. Megmerevedtem és felnéztem a kéz tulajdonosára. Chris áthatóan nézett engem.

- Mit akarsz? – kérdeztem, majd elhúztam tőle a kezem.

- Beszélni veled.

Olyan komolynak tűnt, mint egy vakbélgyulladás. Lesütöttem a szemem, nem mertem rá nézni.

- Beszélni? – idegesen az ujjam köré fontam egy hajtincsemet, és azt babráltam.

- Aha. Ráérsz ma?

Elkövettem azt a hibát, hogy ránéztem. Istenem, olyan helyes! Ha valaki ennyire helyes, azt nem szabadna felügyelet nélkül emberek közé engedni.

- Persze – hebegtem.

Chris felemelte egyik kezét, és lovagiasan előre engedett. Csak most jöttem rá, hogy neki is itt van órája. Kérdőn néztem rá.

- Mi az?

- Eddig nem láttalak itt – mondtam, miközben a helyemre mentem, de ő követett és leült mellém.

- Mert mindig elmerültél a festményeidben, amelyek, megjegyzem, csodálatosak. Nem gondolkodtál el még azon, hogy nyiss egy galériát?

Azt hittem viccel. Az én festményeim csodásak? Ezt eddig kevesen mondták, és nem nagyon hittem nekik.

- Ne nézz így, ez az igazság. Nem mondták még? – Chris felnevetett az arckifejezésemen.

- De, de nem hittem nekik. Meg aztán... ezek csak képek.
- Nem csak képek. A te lelkivilágodat tükrözik. Az érzéseidet – Chris lehúzta a vásznamról a leplet, és ujjával a vonalak felett végig simított. – Ahogy a színeket ábrázolod. Megfigyeltem, hogy amikor jó kedvedben vagy, meleg, barátságos színeket használsz, de ha szomorú vagy mérges... – rám villantotta zöld szemeit. – Miért nézel így?
- Te... tényleg más vagy.
- És az rossz? – kérdezte, miközben közelebb húzódott a székével.

Olyan magány és elveszettség volt a szemeiben, hogy megsajnáltam. Mi tettük ezt vele, amikor idejött. Nem ezt érdemelte volna. Tétováztam egy kicsit, majd megfogtam a kezét.
- Nem, nem rossz. Chris... azt szeretném, ha... barátok lennénk – mosolyogtam, de nem éreztem őszintének.

10. FEJEZET
Ijesztő és kukacos...

ÚGY BÁNTAM MÁR, hogy mindent elmondtam az én egyetlen barátnőmnek, hogy még mindig azon gondolkodtam, amikor kiszálltam a kocsimból, hogy visszaülök és hazamegyek. A szemem a sírkert felé rebbent, túlságosan félelmetes volt, hiába égett itt-ott egy lámpa. Tulajdonképpen azért, mert hű tettestársam kitalálta ezt a nagy akciót, még nem kellett volna belemennem.

- Ne már! Nem akarom! – tiltakoztam. – Anyámék meg fognak ölni, ha ezt megtudják! – Teresa szorosabban fogta a karomat. – Eressz el, különben belilul!

- Fogd már be, Lisa! – förmedt rám. – Itt a temetőben talán...

- Te komolyan azt hiszed, hogy itt megtaláljuk a megoldást arra, ami üldöz engem? Istenem, hányszor kell még elmondanom, hogy ez nem megoldás?

Teresa elengedte a karomat és felém fordult. Bosszús volt az arca, de nem olyan, mint aki képes végre felfogni mit mondok. Talán délelőtt még őrültnek titulált, de ő kifejezetten úgy is nézett ki.

- Mióta lettél ennyire nyuszi? A régi Lisa állandóan benne volt mindenben, amit kitaláltam. Vagy a fiúd miatt lettél hirtelen ilyen szent?

- Bolond gombát ettél? És különben is, semmi köze ehhez Chrisnek! És nem a fiúm! – dühösen kifújtam a levegőt. – Oké, és most?

Teresa előre mutatott a lepukkant ravatalozó felé. Magamban felkiáltottam.

- Ugye nincsenek bent koporsók?

Teresa nem felelt, csak küldött felém egy gonosz vigyort. Legszívesebben elgáncsoltam volna. Két lány az éjszaka közepén a temetőben. Teresa apja a gondnok volt ebben a temetőben, és tőle lopta el a kulcsokat, hogy most itt tudjunk lenni. Volt egy olyan érzésem, mióta ide jöttünk, hogy el fognak minket kapni. Egyikünk sem fogja zsebre tenni, amit otthon kapni fog.

- Lisa, ne maradj le!

Észre sem vettem, hogy megálltam. Gyorsan kapkodni kezdtem a lábaim és megálltam Teresa mellett, aki közben a zárral vacakolt.

- Mi az, nem nyílik?

- Pedig a kulcsnak jónak kellene lennie – dünnyögte. – Ha…

De nem fejezte be, mire is gondolt, mert a zár nagyot kattant, amire mind a ketten összerezzentünk. Aztán egymásra néztünk és elröhögtük magunkat. A ravatalozóban sötét volt, mint a pincében. Az orrunkig sem láttunk. Már azon voltam, hogy megkérdezem, nem kapcsolunk-e lámpát, amikor Teresa felkapcsolt egy elemlámpát.

- Nesze! – mondta, és a kezembe nyomott egy másikat.

Az arcára világítottam, hogy jól lássam, komolyan gondolta-e.

- Tudod, jó lenne, ha nem idő előtt vakulnék meg, szóval ne rám világíts vele.

- Jó, bent vagyunk – a lámpával körbevilágítottam. – És most? Mit keressek, szellemeket?

- Nem. Megvárjuk, amíg éjfél lesz – Teresa hangja olyan higgadt volt és komoly, hogy majdnem hanyatt vágódtam.

- Neked komolyan elment az eszed! És még én hittem azt, hogy nincs minden rendben velem!

- Nézzünk szét, hátha van itt valami hasznos – Teresa elindult a kis helyiségben, ahol összesen három koporsó volt.

- Hullák is vannak bennük? – kérdeztem riadtam.

Teresa csak vállat vont, majd ment tovább. A félelemtől reszketett minden tagom. Én is körbenéztem, bár nem olyan alapossággal, mint kedves barátnőm. Valami nagyot koppant a padlón, mire megpördültem.

- A francba!

Teresához mentem, és megnéztem, mi történt. Leborított néhány gyertyát egy vázával együtt, amiből végig folyt a víz a padlón.

- Fel kell takarítani, különben apám gyanakodni fog. Lehet, már úton van ide – mondta, és észrevettem, hogy remeg a keze.

- Hát, nagyon remélem, hogy nem jön, mert akkor nem kell messzire mennünk, ha kinyírnak a szüleink.

Csippant egyet az órám, amire mind a ketten összenéztünk. Teresa lábai kicsúsztak alóla, és riadtan nézett körbe. Én nem ültem le, inkább felálltam, és minden zugba megpróbáltam bevilágítani. Megzörrent az ablak, mire ösztönösen hátrébb léptem egyet. Majd még egyet és még egyet, míg végül neki ütköztem az egyik asztalnak, amin ott hevert egy fekete koporsó. Észre sem vettem, Teresa mikor jött oda hozzám, de jól esett a közelemben tudni.

- Bele akarsz nézni? – kérdezte, mire elkaptam a koporsó fedeléről a szemem.

- Hülyéskedsz? – erőltetetten felnevettem.

Teresa félretolt, majd kinyitotta a koporsót. A fedele nagyot koppant az asztalon. Valami fura bűz csapta meg az orromat, és láttam, hogy Teresáét is.

- Fúj! – befogta az orrát. – Eddek deb így kellede kidézdi.

Odaléptem mellé. Nem láttam még hullát, de el tudtam képzelni, hogyan nézhet ki. Ami a koporsóban feküdt, az egy férfi volt, de olyan aszott, mintha már évek óta itt lenne. Felnyögtem, amikor megláttam, mik mászkálnak mellette. Felsikoltottam, és egészen a falig hátráltam. Teresa ebben a percben vette a fáradtságot, és megpróbálta visszahelyezni a fedelét. Amint a koporsó lezárult, nagyot robban az összes ablak. Szinte egyszerre törtek be, és felénk záporoztak a szilánkok.

Az órám őrült csipogásba kezdett, jelezve, hogy elérkezett az éjfél. *Ez szent hely, ez szent hely.* Legalább is ezt mondogattam magamban, de nem lehettem benne biztos. Teresa sokkos állapotba került és sikoltozott. Nedvességet éreztem a karomon. Felkaptam az időközben elejtett elemlámpát, és odavilágítottam a kezemre. Vérzett. Valószínűleg megvágta az egyik üvegszilánk.

Két lábra vergődtem, és óvatos léptekkel odabotorkáltam Teresához, aki csendesen sírdogált az asztalnak dőlve. Amikor megérintettem a vállát, rám emelte üveges tekintetét.

- Tűnjünk el innen – mondtam neki, és magam is meglepődtem, mennyire nyugodt a hangom a körülményekhez képest.

Felsegítettem Teresát, és az ajtóhoz indultunk. Már majdnem elértük, amikor bezárult előttünk. *Jaj, ne!* Néma sikoly hagyta el a torkom. Teresa kicsúszott a karomból és elájult. Az elején megmondtam

Teresának, hogy ez nem jó ötlet, ráadásul mobiljainkat a kocsiban hagytuk, a temető bejáratánál. Innen senkit sem tudok értesíteni, hogy jöjjön értünk. Ennyi volt, eljött a halál értünk, és senki nem jön a megmentésünkre. Hallottam, ahogy repedezni kezdenek a falak, majd hullik a vakolat. Teresa mellé térdeltem, és csak remélni tudtam, hogy mindjárt vége. Hideg levegőt éreztem magam körül. Hozzáért a bőrömhöz, bekúszott a ruhám alá. Mintha jeges kezek akarnának megfagyasztani.

Ő a miénk.

Nem tudom, honnan jött ez a hang, de tisztán csengett. Nem a fejemben hallottam, hanem kristálytisztán valahonnan mellőlem. Felemeltem a lámpát és előre világítottam. Azt hittem, nem kapok levegőt, amikor pár lépésre előttem valami áttetszőt láttam meg. Nem öltött alakot, sőt, mintha az elemlámpa fényétől még láthatatlanabbá vált volna.

Ő a miénk. Csak a miénk.

Kire gondolhat? Nem mertem megszólalni, de még levegőt is mértékkel vettem.

Úgy teszel, mintha nem tudnád. Pedig pontosan tudod, kiről beszélek. Ha nem hagyod békén, megölünk.

Ez a kísértet tudta mire gondoltam, vagy gondolok. Aztán egyszeriben kivágódott az ajtó, és egy sötét alak jelent meg. Azt hittem, most komolyan itt a vég, amikor az alak beljebb lépett az elemlámpa elé.

- Jól vagytok?

11. FEJEZET
Érvek és ellenérvek...

MEGÁLLT BENNEM AZ ÜTŐ. Sűrűn pislogtam, hogy jól látom-e, amit látok. Chris jött megmenteni minket, de hogy honnan került ide, arról magyarázattal tartozik. Elfordította rólunk a tekintetét, és a fél méterre lévő asztrális jelenésre nézett. Vagyis nekem úgy tűnt, mintha oda nézne. A jelenés abban a pillanatban eltűnt, ő pedig odajött hozzánk. Leguggolt és megnézte Teresát.

- Csak elájult – mondtam.
- Gyere, menjünk innen – a karjaiba vette Teresát és elindult kifelé.
- A kocsim a kapunál áll... – kezdtem.
- Tudom. Láttam, amikor ideértem.

Újra végig mentünk a sírok között. Olyan érzésem volt, mintha minden halott engem figyelne. Mintha én lennék a megtestesült gonosz. Felnéztem Chrisre, és most először jutott eszembe, hogy látom őt naplemente után idekint.

- Mit keresel itt? – szegeztem neki a kérdést.

Kinyitotta a hátsó ajtót, és befektette Teresát. Miután megnézte, rendben lesz-e, becsukta az ajtót és felém fordult.

- A szüleid körbe telefonálták az egész várost. Arra nem is gondoltatok, hogy egy gondnoknak eléggé feltűnő lesz, ha csak úgy lenyúlják az imádott kulcscsomóit?
- Nem feleltél a kérdésemre – összefontam a karomat a mellkasom előtt. – A barátok nem titkolóznak egymás előtt.

- Mi nem vagyunk barátok, rendben? – Chris arckifejezése megkeményedett. – Ne gyertek még egyszer a temető közelébe.

- Miért? Ez közterület, oda megyünk és akkor, amikor kedvünk szottyan. Te nem szabhatod meg! – dühömben löktem egyet rajta, mire hátával neki ütődött a kocsim oldalának.

- Lisa, ne akard, hogy fenyegesselek!

Egyenesen felnéztem az arcára. Éreztem testének melegét. Szemeiben furcsa csillogás volt.

- Érd el, hogy féljek tőled, mint attól, ami ma este ránk támadt – suttogtam, mintha nem mernék hangosabban beszélni.

- Nem foglak bántani – arcán fájdalom suhant át, majd megragadott a derekamnál, magához húzott, így most már egy hajszálnyi hely sem volt közöttünk. – Ne kérj tőlem olyat, hogy félemlítselek meg.

- Chris... mondd el, miért vagy itt?

Tudni akartam végre, mi áll szakadékként köztünk.

- Nincs mit mondanom. De tartsd észben, amit említettem – elengedett és eltolt, hogy legalább egy lépés távolság legyen közöttünk. – Ami pedig a helyet illeti, nem mondom meg senkinek, hogy itt találtam rátok.

- Akkor mit mondasz, ha megkérdeznek? – álltam a tekintetét.

- Hogy a környéken sétáltatok, amikor Teresát megijesztette egy... egy állat.

- Ez hülyeség, mindenki tudja, hogy Teresa imádja az állatokat. Még egy kóbor kutyát is képes lenne befogadni. Találj ki valami mást, mert ez így nagyon sántít.

- Akkor mondd el az igazat – Chris elindult az autója felé.

- Mi? Szerinted hinnének is nekem? Nekünk?

Megtorpant, háttal állt nekem, így nem láthattam az arcát. De legalább elértem, hogy még maradjon.

- Ma éjjel valami ránk támadt odabent. Egy kísértet. És nem csak képzeltem az egészet, mert láttam.

Úgy tűnt, mintha nevetne. Megfordult, hogy lássam. Szinte rázkódott a nevetéstől.

- Lisa, kísértetek csak a horror történetekben léteznek.

- Persze! Mondd csak ki! Én és Teresa megőrültünk! – kezdett már nagyon elegem lenni az egészből. – Amikor megjelentél, eltűnt.

- Ha volt is ott valami, akkor biztos megijedt tőlem. Nézz rám, félelmetes vagyok – Chris végig mutatott magán.

- Remélem, nem kell nagyobb kocsi, mert a képedtől aligha férsz bele – mondtam, és megkerülve a kocsimat, beültem a volán mögé.

Chris ott állt és nézte, ahogy a gyújtással szenvedek. Erővel csaptam rá a kormányra, majd ráhajtottam a fejem. Ilyen nincs, gondoltam. Chris megkocogtatta az ablakot. Felemeltem a fejem, hogy megnézzem, mit akar. Fejével a saját kocsija felé bökött. Letekertem az ablakot.

- Jöttök?

- Teresa nem tud mit felelni erre, de én csak annyit mondok, hogy nem.

- Lisa, ne csináld ezt. Nem te akartál a barátom lenni?

- De, de az még azelőtt volt, hogy te megjelentél itt. Chris, szomjazom az igazságra és tudom, hogy tudsz valamit.

- Semmi olyat nem tudok, ami segíthetne neked. Ha kísértetek léteznek is, akkor biztos itt lehetnek. Ezért mondtam, hogy ne gyertek ide többet. Kérlek, hallgass rám – benyúlt a kocsiba, és ujjával végig simított az arcomon.

Mélyet sóhajtottam, majd bólintottam. Áttette Teresát az ő autója hátsó ülésére, én meg beültem mellé. Az ölembe helyeztem a fejét. Chris hátranézett ránk, de nem kérdezett vagy mondott semmit. Lehet, azt képzelte, hogy előre ülök mellé. Hát tévedett. Beindította a kocsit, ami egy szürke színű Nissan Micra volt.

- Mi lesz a kocsimmal? – kérdeztem.

- Ha jó lesz, akkor kiraklak titeket, az apámmal meg elvontatom innen.

- De addig fel is törhetik, Chris. A szüleim… – majdnem pánikolni kezdtem.

- Nem lesz gond. A kutya sem jár erre ilyenkor – jelentőségteljes pillantást vetett rám a visszapillantó tükörből.

- De még mindig nincs fedő sztorink – mondtam.

- Gondolkodom – Chris megdörzsölte a halántékát.

Most először vettem észre rajta az este óta, hogy milyen fáradt. Nyúzott volt az arca. Szerettem volna mellé ülni és megfogni a kezét.

- Honnan találtad ki, hogy itt vagyunk?

- Könnyű kitalálni, hová akar menni két lány az éjszaka közepén, meg ott a kulcs is. Teresa apja elég pipa lesz.

- Fenébe! – kiáltottam fel.

Teresa megmoccant, de nem tért még magához. Chris aggódó arca elárulta, nem tudja, mi bajom van.

- Ott hagytuk a kulcsot az ajtóban – nyögtem.

- Vedd úgy, hogy el van intézve. A kocsiddal együtt a kulcs is visszakerül a helyére.

- Ki vagy te? A maffia? – ezen aztán mind a ketten nevettünk.

Chris útközben bekapcsolta a rádiót. Ritmusra dobolt a kormányon. Felismertem az előadót, mert nekem is megvolt néhány albumuk. Az Anberlin az utóbbi időben elég ismert együttes lett. Már azon voltam, hogy megkérdezem Christől, hogy szereti-e, amikor megláttam a tekintetét a visszapillantóban.

- Mi az? – kérdeztem tetetett kíváncsisággal.

- Semmi. Mindjárt megérkezünk hozzátok.

Kibámultam az ablakon, és csakugyan közel voltunk a házunkhoz. Teresára néztem, aki most már inkább alvó embernek tűnt, mint ájultnak. Chris lefékezett apa kocsija mellett, majd kiszállt. Felbukkant a másik oldalon, hogy segítsen kiszállni.

- Szerinted Teresa jól lesz? – összébb húztam magamon a pulcsit, mert hűvös szél kezdett fújni.

- Szerintem igen – felelte Chris karjaiban Teresával.

Körbenéztem az utcán, ami olyan kihalt volt, mint a temető. Az érzés, amit akkor éreztem nem múlt el. Még a hatása alatt voltam.

- Lisa, jössz vagy maradsz?

Chris hangja kizökkentett iménti merengésemből. Miközben az ajtó felé tartottam, egyre csak az járt a fejemben, amit a kísértet próbált értésemre adni.

Ő a miénk.

12. FEJEZET
Sorok között...

CHRIS ANYA UTASÍTÁSÁRA A szobámban fektette le Teresát. Egy ideig csak bámultuk egymást, majd elköszönt tőlem és hazament. Anya természetesen maradt. Olyan ideges volt, hogy egy atombomba simán felrobbanhatott volna mellette.

- Nektek elment a maradék józan eszetek is! – kezdte, de tudtam, hogy ennél lesz cifrább is. – Tudod, mennyit aggódtam érted? Van róla fogalmad? És egyáltalán minek mentetek az éjszaka kellős közepén a köztemetőbe?

Ezt nem fogom tudni kimagyarázni. Azzal, hogy Teresa ellopta a kulcsokat, nem kellett mást kitalálni. Mindenki tudta az igazat arról, hogy hol lófráltunk az éjjel.

- Mi csak... – fogtam bele, de félúton elakadtam.

- Apáddal közösen arra jutottunk, hogy az iskola végéig szobafogságban leszel. És nem akarok kifogást hallani! – tette hozzá, mikor látta, hogy szólásra nyitom a számat. – A kocsiddal sem járhatsz ezentúl, majd én vagy apád viszünk el, és tanítás végén valamelyikünk fog elmenni érted.

- Értettem, anya – morogtam, mert nem tetszett, hogy életemben először ennyi szabálynak kell megfelelnem. – És Teresa?

- Ma éjjel itt maradhat, de holnap gondolom ő is hasonlóan rossz helyzetben lesz, mint te most – anya már indult az ajtó felé, de még egy szóra megfordult. – Sajnálom, Lisa, de a te érdekedben csináljuk ezt – kinyitotta az ajtót, és magunkra hagyott.

Megsemmisülten rogytam le a fotelba. Semmi kedvem nem volt aludni, és holnap sem volt kedvem iskolába menni. Valahogy előre tudtam, hogy ez lesz. Most már nem csak az iskolában lesznek problémáim a többiekkel, hanem itthon is. Szörnyű ez az egész, úgy ahogy van. Azért csak átöltöztem pizsamába, de nem feküdtem le Teresa mellé, aki teljes szélességében birtokba vette a franciaágyamat. Jó neki, hogy ilyen nyugodtan tud aludni.

Reggel arra tértem magamhoz, hogy Teresa pofozgatja az arcomat. Hirtelen ugrottam fel, így a pléd, ami rajtam volt, lecsúszott a padlóra. Riadtan néztem körbe, de nem volt semmi veszélyforrás a szobámban. Visszarogytam a fotelba, és csak akkor jöttem rá, mennyire fáj minden tagom. Teresa leguggolt elém és rám emelte csokoládébarna szemeit.

- Gondoltam felébresztelek, mielőtt hazamegyek – mondta.

- Máris? – riadt hangomra megfogta a kezemet.

- Nyugi, túlélem én is. Az apám nem az a gyilkos fajta, és különben is… – Teresa elmosolyodott, mintha magában valami viccen mulatna. – Én csak délután találkozom vele.

- És, ha otthon vár? Erre, fogadok, nem gondoltál – arca vidámból hirtelen váltott át komorrá. – Ha már itt tartunk, felesleges kimagyaráznod magad, mindenki tudja, hol voltunk este.

- A kulcs az oka, gondolom.

Bólintottam. Teresa felállt, és egy mosoly kíséretében elhagyta a szobát és gondolom, a házat is. Sietve felpattantam a fotelból és a fürdőbe igyekeztem. Ahogy leültem a WC-re, roppant egyet a hátam. Teljesen elfeküdtem az egész testemet. A

lábaimat mintha máshogy rakták volna össze, a
kezeim zsibbadtak, és a hátam szerencsésen fájni
kezdett. Amikor végeztem, megmostam az arcomat és
a kezemet. A hajam teljesen össze volt kuszálódva,
mikor vetettem egy pillantást a tükörképemre.
Nem tudom miért, de úgy éreztem magam, mint
akit agyonvertek. Talán itthon kellene maradnom, de
akkor nem találkoznék az én – vagyis pontosítok a mi
megmentőnkkel. Chris volt az este hőse, amiért
kárpótolnom kell. Esetleg elhívhatnám a kávézóba, és
beszélgethetnénk. Elvégre beleegyezett, hogy
barátkozzunk, és abban nincs semmi rossz, ha az
ember meghívja valahová a barátját. Visszarohantam
a szobámba és felkaptam egy farmert, meg egy
ujjatlan felsőt.
A hajamat kifésültem, majd lófarokba kötöttem.
Fújtam magamra a parfümömből, közben
beleügyeskedtem a lábam a papucsomba. Tudtam,
hogy anya vagy apa mindjárt felszól, hogy mikor
leszek már készen, mert elkésnek a munkahelyükről.
Még leellenőriztem, hogy minden bent van-e a
táskámban, majd fénysebességgel lerohantam a
konyhába. Senki sem volt ott, csak egy cetli, amit
anya hagyott a pulton.

Lisa, drágám, korábban kellett elmennünk,
mert megbeszélésünk lesz. Menj a kocsiddal,
de suli után egyenesen gyere haza!

Szuper, gondoltam magamban. Most már minden
tilos. Így még a kávézás is törölve a mai napról. De
intézhetném úgy, hogy Chris hívjon meg, vagy
megkérhetem, hogy mondja ezt, miután megkérem,
hogy kísérjen haza. Töltöttem magamnak egy pohár

narancslét, megittam és már mentem is a garázsba. Este még nem voltam benne biztos, hogy látom-e valaha épségben az én kicsi kocsimat, de ahogy azt Chris ígérte, haza hozta nekem.

Ez így már kettő, amit törlesztenem kell, és a kedvesség most nem lesz elég. Némi ügyetlenkedéssel, de kinyitottam a garázsajtót, hogy ki tudjak állni az én különbejáratú VW bogaram. Beültem, majd a gyújtásba dugtam a kulcsot. Amikor beindult a motor, rögtön üresbe tettem és kitolattam. Lefékeztem a ház előtt és becsuktam a garázst, majd a bejárati ajtót is.

Útközben azon járt az agyam, hogy tulajdonképpen mit is mondjak Chrisnek anélkül, hogy leégetném magam. Amikor a közelemben van, egyszerűen elfelejtek mindent. Bár tegnap este tudtunk beszélgetni, és abból nekem úgy tűnt, hogy Chris nem is olyan gázos, mint egy éve ilyenkor. Ahogy befordultam a parkolóba, a szívem hevesebben kezdett el verni. Vajon tudja már az iskola, hogy én és Teresa hol jártunk az éjjel?

Greensboroban a hírek általában gyorsan terjedtek, de szerencsére már nem sokat kell itt lennem, mert ma délután elmegyünk Mary nénihez. Most jutott eszembe, hogy vele beszélni akarok a kísértetekről. Hátha jobban megért, mint az egyetlen barátnőm, Teresa.

- Jó reggelt!

Ugrottam egyet ijedtemben. Ahogy megfordultam, észrevettem Christ, amint neki támaszkodik a kocsim motorháztetőjének. A szokásos mosolya volt az arcán, amitől még inkább ki akart ugrani a szívem a mellkasomból. Utálom, hogy ilyen reakciókat vált ki belőlem Chris puszta megjelenése is. Hát még a hangja...

- Neked is jó reggelt! - köszöntem picit nyersen, pedig kedves akartam lenni.

Elindultam befelé, hogy ne késsek el biológiáról, de Chris a nyomomba szegődött.

- Mit szóltak a szüleid? – kérdezte érdeklődve.

- Kiakadtak. Büntetésben vagyok az év végéig, és nem járhatok a kocsimmal – feleltem.

- De autóval jöttél, vagy képzelődök?

- Nem. Én... – megálltam és egyenesen a szemébe néztem. – Van kedved ma velem lógni kicsit a kávézóban?

Chris szeme egy pillanatra elkerekedett, az arca meglepettséget tükrözött.

- Ez úgy hangzott, mint egy randi.

Legszívesebben bokán rúgtam volna. Hogy lehet ennyire pasi?

- Ez... nem... randi – dadogtam idegesen. – Akkor ráérsz?

- Persze. De figyelj csak, a szüleid nem fognak még ennél is jobban megharagudni rád? Tudod, amikor én szobafogságot kaptam, a sulin és a házon kívül nem mehettem sehová.

- Ezzel én is tisztában vagyok! – vágtam rá.

Chris tekintete egy pillanat alatt leolvasta az arcomról, mit akarok.

- Ó, értem már! – felnevetett. – Arra kérsz, hazudjak a kedvedért.

- Megtennéd? – ez gyerekes volt tőlem, de másra jelen helyzetben nem számíthattam.

- Nos, tekintve, hogy alig ismerjük egymást... – felsóhajtottam, amikor félbe hagyta a mondatot. Gondolhattam volna, hogy nem fog belemenni. – De tetszik a gondolat, hogy erre kérsz. A szüleid tuti ki fognak nyírni engem, de... vállalom a veszélyt – a mostanában kedvencemmé vált mosolyát villantotta rám.

- Milyen veszélyt? – kérdezte Teresa Chris háta mögül.

Chris megfordult, majd mellém lépett és átölelte a derekam. A pólóm picit feljebb csúszott a derekamon, így megérezhettem meleg karját a bőrömön.

- Randizni viszem Lisát – Chris olyan áthatóan nézett rám, amikor ezt mondta, hogy azt hittem, ott helyben elszállok.

Sokatmondó volt a tekintete, ami valamit súgott nekem, de nem tudtam rájönni, mit, mert a csengő megzavart.

13. FEJEZET
Elkerülhetetlen vallomás...

EGÉSZ NAP REMEGETT A GYOMROM. Chris folyamatosan bámult, ami kicsit zavart, tekintve, hogy mások is észrevették a köztünk lévő láthatatlan fonalat. Teresa pedig egyszerűen képtelen volt leszállni a témáról. Hiába magyaráztam el, hogy az egész az én ötletem volt, és egyáltalán nem randinak indult a dolog. Én csak egy kávét akartam elfogyasztani vele, és megköszönni, hogy olyan rendes volt velünk este. Amikor megjegyeztem Teresának, hogy egy köszönömöt rebeghetne, akkor teljesen kikelt magából.

- Nincs az az isten, hogy én odamenjek hozzá, és azt mondjam, kösz – morogta még mindig Teresa, miközben az udvaron kerestünk egy üres padot, ahová leülhettünk enni.

- Miért? Belehalnál, ha a kedvemért megtennéd? – hunyorogva tudtam csak rá nézni, de így is láttam, hogy kinyújtja rám a nyelvét. – Komolyan nem ismerek rád.

- Én sem rád. Szövetkeztél az ördöggel.

- Milyen ördögről beszélsz? – kicsit hangosabban tettem fel a kérdést, de már megint felhúzta az agyamat. – Chris... tök normális, és aki ezt nem veszi észre, az hülye.

- Kösz, Lisa! – Teresa felkapta a táskáját és elviharzott.

Nem akartam vele összeveszni, de ezzel a Chris-utálatával már kezdett az agyamra menni, ahogy mindenki más is. Valamilyen apropóból végig néztem a kint lévőkön, majd megállapodott a tekintetem Chris hátán. Magányosan ült fent a teraszon, ahol legtöbbször a dohányzók szoktak lenni. A vállamra akasztottam a táskámat, és a kajámmal a kezemben elindultam hozzá.

Egy csomóan bámultak, amikor odamentem. Sikerült megint meglepnem, a mai napon már harmadszor. Reméltem, hogy ez nem zavarja őt.

- Hát te?

- Leülhetek?

- Csak tessék! – maga mellé bökött a fejével, mire leültem. – Hol hagytad a barátnődet? Azt hittem, ti sülve-főve együtt vagytok.

- Voltunk – közöltem szárazon.

- Összevesztetek? – bólintottam, mire elmosolyodott. – Ha nem vagyok túl indiszkrét, megkérdezhetem, mi volt a kiváltó ok?

- Te – vágtam rá gyorsan, még mielőtt meggondolhattam volna magam.

És negyedjére is sikerült őt meglepnem.

- Most csak ugratsz, igaz?

Meg kellett tennem, hogy ránézek, mert a hangjából ítélve, erre abszolút nem számított.

- Nem ugratlak. Sosem tenném – feleltem őszintén. – Teresának nem tetszik, hogy te és én... – hirtelen kiszáradt a szám.

Chris közelebb csúszott hozzám. Ha a fél iskola előtt hozzám ér, akkor azt nem fogom túlélni.

- Te és én?

Kellemes borzongás futott végig rajtam, ahogy megkérdezte.

- Nem felelsz? – óvatosan végig simított a karomon, és egy arasszal még közelebb jött. – Mi a baj?

Nem tudtam, mit mondhatnék. Zavarban voltam a közelségétől, emellett úgy éreztem, hogy mindenki minket néz.

- Ne aggódj, senki sem foglalkozik velünk – mondta nyugtatóan, mintha olvasna a gondolataimban. – Kezdjem én?

- Mi?

- Végre megszólaltál. Azt hittem, némasági fogadalmat tettél! – a nevetése már-már szórakoztatott engem is. – Tudom, hogy nem ismerjük egymást, de... ezen könnyen lehet változtatni.

- Mire célzol? – végre megtaláltam a hangom.

- Ezt a mai randit felhasználhatnánk erre a célra. Ismerkedhetnénk... például.

- Te komolyan randizni akarsz velem? Mármint ne érts félre, de... te olyan más vagy. Meg én is... és...

- Honnan tudod, hogy nincs bennünk semmi közös?

Megrántottam a vállam és lesütöttem a fejem. Hirtelen érdekesnek találtam a padon lévő repedéseket. Chris finoman az állam alá nyúlt, felemelte a fejem, így egymás szemébe néztünk.

- Hosszú idő telt el, mióta itt vagyok, és te már akkor felkeltetted az érdeklődésemet.

Azt hiszem, elfelejtettem lélegezni. Megfogta a kezem és a mellkasához húzott. Semmi intim nem volt ebben, én mégis elpirultam. Hallgattam egyenletes szívverését, éreztem, ahogy magához ölel. Átkaroltam a derekát, és úgy helyezkedtem, hogy közelebb legyek hozzá. Teljesen olyan érzés volt, mintha mi ketten mindig is egyek lettünk volna. Ebben a pillanatban még a kísértetektől sem féltem. Ha Chris velem van, akkor semmitől sem fogok félni.

Eltolt magától, de nem annyira, hogy az furcsa legyen.

- Órák után itt várlak – mondta.

- Nézd, én autóval jöttem – jegyeztem meg, hátha elfelejtette.

- Tudom. Éppen ezért letesszük nálatok a kocsidat, aztán az enyémmel elmegyünk a netkávézóba, ahol a világ legfinomabb forró csokoládéja van.

Ezt nem tudtam megállni nevetés nélkül. Aztán arra lettem figyelmes, hogy közelebb van az arca az enyémhez. Most meg fog csókolni! Legbelül pánikoltam, hogy mi lesz, ha ezt mindenki látni fogja. De aztán a csengő bezavart, és Chris elhúzódott. Láttam, ahogy ökölbe szorított kezén kidagadnak az erek. Szerettem volna azt mondani neki, hogy semmi baj, majd legközelebb, de… ilyet azért mégsem szokás mondani.

Egymás mellett mentünk a zsúfolt folyosón. Szorosan mögöttem jött, amikor beléptünk irodalom órára. Az óra még nem kezdődött el, de Mrs. Huston már bent volt.

- Nem ülsz mellém? – kérdezte Chris félbeszakítva gondolatmenetemet.

Az eredeti helyemen már ott ült Teresa, aki még mindig sértettnek tűnt innen nézve. Úgy döntöttem, hadd szenvedjen. Bólintottam Chrisnek, majd úriemberhez méltón beengedett az ablak mellé. Miközben elhelyezkedtem, elkaptam a hátsó padsorból Jill és Bianca hitetlenkedő pillantását. Gúnyosan rájuk mosolyogtam, majd a tanárnő felé fordultam, aki közben megkezdte az órát.

Chris közelebb csúszott a székével, majd kezébe vette a kezemet. Hüvelykujjával köröket írt le a kézfejemen, amitől enyhén libabőrös lettem. Másfél év után végre egymásra találtunk, annyi zúgolódás és tettetett utálkozás után. Legszívesebben a vállára hajtottam volna a fejem, hogy úgy hallgassam Mrs. Huston felolvasását. Még mindig a Rómeó és Júlia volt terítéken. Szívből reméltem, lassan vége lesz ennek a nyálas történetnek.

– Mr. Handrickson és... áh, Ms. Nack felolvasnák, kérem a harmadik felvonás ötödik színjét?

Miért éppen mi, fordult meg a fejemben, de Chris könyve már nyitva is volt annál a résznél. Sietve kinyitottam én is, és elborzadva láttam, hogy én kezdek, mint Júlia. Megköszörültem a torkom, és el kezdtem olvasni.

> *„Hát már szaladsz? Még oly soká virrad*
>
> *meg.*
>
> *A fülemüle volt, nem pacsirta,*
>
> *Az rázta össze megriadt füled.*
>
> *Éjjel dalol a gránátalmafán,*
>
> *Hidd, édesem, a fülemüle volt."*

Elnyomtam egy sóhajt, majd Chris folytatta Rómeóként.

> *„Pacsirta volt ez, a reggel heroldja,*
>
> *Nem fülemüle: nézd, szívem, irigy csík*
>
> *Szegi be a felhőket keleten.*
>
> *Az ég gyertyái csonkig égtek, a Nap*
>
> *Lábujjhegyen áll a ködös hegyormon.*

Elmennem: élet, és halál: maradnom."

És ez így ment az utolsó sorig, mielőtt a dajka bekapcsolódott volna. Chris olyan érzéseket vitt bele Rómeó szövegébe, hogy az egész teremre csend telepedett.

„Nem, édesem, te is egész olyan vagy.
Bú issza ki vérünket. Isten áldjon."1

Amikor Chris felemelte a fejét, mindenki tapsolni kezdett. Mrs. Huston könnyeket törölgetett a szeméből. Szinte én is sírva fakadtam. Chris olyan szívdöglesztő mosolyt eresztett meg felém, hogy azt hittem, ott helyben lefordulok a székről.
- Ez gyönyörű volt! – hüppögte a tanárnő odalépve az asztalhoz. – Chris nem is tudtam, hogy ilyen jól bele tudod élni magad egy szerepbe. Talán...
- Köszönöm, de nincs időm a színjátszó körben játszani – Chris kedvesen rámosolygott Mrs. Hustonra, aki még mindig törölgette a szemét.
Óra után szinte mindenki a fellegekben volt, főleg én. Az én saját Rómeóm.
- Mire gondolsz éppen?
- Hm?
- Mióta kijöttünk óráról, folyamatosan mosolyogsz.
- Ó, Romeo mért vagy te Romeo? Tagadd meg atyád, neved hajítsd el, s ha nem teszed meg, esküdj édesemmé, és nem leszek Capulet én se többé! – idéztem hibátlanul, azt hiszem.

---

1 Részlet *William Shakespeare: Rómeó és Júlia* című drámájából.

- Csodálatos, Júliám, csak van egy kis bibi. Én nem mondanék le arról, aki vagyok, mert beleszerettem egy nőbe.

- Júlia tulajdonképpen egy fiatal lány, nem nő – mondtam, mint egy megállapítást.

- Mi is a név? Mit rózsának hívunk, bárhogy nevezzük éppoly illatos – mondta, azt hiszem lezárva ezzel a témát.

Chris megfogta a kezem, hogy közelebb húzhasson magához, majd odahajolva adott egy puszit az arcomra. Egy másodpercig azt reméltem, megcsókol. Hogy lehetek ennyire telhetetlen? Képzeletben fejbe vágtam magam. Elhúzódott egy picit, majd összefűzte ujjainkat és kimentünk a parkolóba.

14. FEJEZET
Séta alkonyatkor...

A NETKÁVÉZÓ, AHOL TULAJDONKÉPPEN megismerkedtünk zsúfolásig, tele volt, ezért Max-et kellett megkérnünk, hogy kerítsen nekünk valami ülőhelyet. Végül az egyik sarokban talált egy üres asztalt, ami eléggé meghitt volt. Friss virágok voltak a vázában, nem tudtam megállni, hogy ne szagoljam meg őket. Chris kihúzta a széket, és megvárta, amíg leülök rá. Mikor leült velem szemben, észrevettem, hogy tördeli az ujját.

- Ideges vagy? – kérdeztem mosolyogva.
- Az ember mindig ideges az első randiján – felelte őszintén.

Igaza volt. Én is ideges voltam, de nem annyira, mint ő. Nem sejtettem, hogy egy fiúnak mennyivel nehezebb meghódítania egy lányt, mint fordítva.

- Rendelünk? – meg sem kérdeztem, Max már ott volt két bögre forró csokoládéval.

Chris elmosolyodott, hogy most neki sikerült meglepnie. Négy-egy. Egyszerre emeltük fel a bögrénket, és egyszerre kortyoltunk bele. Ő hamarabb tette le a poharát az asztalra, közben igyekezett nem levenni a szemét rólam.

- Mondták már, milyen szépek a szemeid?

Sikerült félrenyelnem. Köhögtem párszor, mire Chris bűnbánóan rám nézett.

- Bocs, nem akartalak felzaklatni – szabadkozott.
- Semmi baj, csak ritkán bókolnak nekem – vallottam be elpirulva.
- Ugye nem baj, ha én bókolok?

- Chris, elméletileg randizunk most, szóval... nem baj – kicsit kezdtem hülyén érezni magam. – Mi lenne, ha ennénk is valamit?

- Válassz te!

Átcsúsztam a másik székre, hogy együtt át tudjuk nézni az étlapot, amin az ital és sütemények listája volt. Én egy túrós kocka mellett döntöttem, míg Chris egy krémest választott. Felállt, hogy leadja a rendelést Maxnek, mert a pincérek mind el voltak foglalva. Két perc múlva visszaült, hogy aztán kezébe vegye a kezemet.

- Kérdezhetek valamit? – a kezünket figyeltem, ami egyáltalán nem volt szokatlan.

- Bármit.

- Miért nem mondtad el, hogy...

- Tetszel nekem? Nem tudom. Azt hiszem, féltem egy kicsit, mert nem ismertem senkit, te pedig folyton úgy néztél rám, mint aki nyársra akar tűzni. Különben is, kicsit olyan érzésem volt az első pár hónapban, mintha az egész világ összeesküdött volna ellenem.

- Sajnálom – mondtam, még mindig a kezünket bámulva.

- Nem a te hibád, hanem az enyém. Túlságosan elzárkóztam, és nem engedtem senkit sem közel magamhoz – szája sarka félmosolyra húzódott. – Igazából nekem kellett volna kezdeményeznem, de... mint mondtam, te olyan távolságtartónak tűntél.

- Igazából nem voltam az, csak úgy tettem, mintha nem érdekelnél – éreztem, hogy lángba borul az arcom.

- Ez egy vallomás volt arról, hogy én is tetszettem neked? – Chris harsányan felnevetett.

A számon volt, hogy ez nem vicces, de ekkor egy lány kihozta a sütinket. Mi megköszöntük, majd elkezdtük megenni.

- Ebből haza is lehet vinni? – kérdezte Chris két falat között.

- Persze. Én is szoktam anyuéknak vinni. Ők odavannak a frissen sült barackos és csokis fánkokért – ebben a pillanatban kezdett el rezegni a telefonom. Letettem a villámat, és előrángattam a zsebemből a mobilomat. – Jaj, ne!

- A szüleid?

- Igen. Mit csináljak?

- Hát…, szerintem vedd fel – javasolta, de én már ki is nyomtam, és beledobtam a táskámba. – Ezt gyorsan elintézted.

- Ha felveszem, elrontják a napomat, ami eddig a legjobb úton halad.

- Ez úgy hangzott, mintha azt terveznéd, hogy behálózol, utána, amikor fülig beléd szeretek, villára hánysz és elküldesz – Chris arca komoly volt, ahogy ezt mondta, de a szeme nevetett.

- Te nem egy terv vagy, hanem… a… mi is? – meglengettem felé a villámat.

Mielőtt még bármit is tehettem volna, kivette a kezemből az evőeszközt és a székével mellém csúszott. Egyik kezével megtámaszkodott a támlán, míg a másikkal a lábam között. Éreztem, hogy megint vér tolul az arcomba.

- Mit szeretnél, mi legyek? – a szavakat szinte suttogta.

Azt hiszem, kicsit megijedtem. Lágy szellő cirógatta meg az arcom, amitől kirázott a hideg. Chris szemei vágytól csillogtak, amelyeket ki tudja, mióta fojtott el.

- Lehetek bármi, csak mond ki – jobb kezével éppen ott simított végig az arccsontomon, ahol a szellőt éreztem.

- A… barátom – nyögtem ki.

Picit hátrébb húzódott, ami nekem felért egy pofonnal. Készen álltam az első csókunkra, számomra a hely most már nem volt lényeges. Érezni akartam Christ. Talán olyan sokat kérek? Megadtam neki magam, és nem csak a külső falakat döntöttem le, hanem a belsőket is.

- Gyere, sétáljunk egyet – szólalt meg végül, majd felállt.

Kifizette a két forró csokoládét, a sütiket és azt, amit külön vásárolt. Én ugyan nem kértem, de a szüleimnek is vett fánkot, amit kifelé menet bedobott az anyósülésre.

- Szerinted nem törik fel, ha itt hagyom?

Szinte fel sem fogtam mit kérdezett, mert a lenyugvó nap fénye megragadta a figyelmem. Olyan gyönyörű volt. És ő ott állt mellettem. Tekintetét az arcomon éreztem.

- Lisa?

Odakaptam a fejem. Előttem állt, a Nissan motorháztetőjének dőlve. Megfogta a kezem és magához húzott.

- Alkonyodik – mondta.

- Chris… – kezdtem, de ujjával belém fojtotta a szót, majd ellökte magát autójától, és a város alkonyodó fele felé húzott.

Csendesen, kéz a kézben sétáltunk a park felé. A kávézó óta folyamatosan éreztem valamit, mintha jött volna velünk. *A szellő.* Most, mintha erősebben éreztem volna. Chris bevezetett a fák közé, majd tovább a szökőkúthoz, ami a park közepén volt.

Elengedte a kezem és a kúthoz sétált. Én ott maradtam, ahol voltam és őt figyeltem.

Velem szemben állt és nézett, de most már nem sugárzott annyira. Fogalmam sem volt, miért áll ott és egyáltalán mire vár. Aztán, ahogy a nap alábukott a horizonton, Chris eltűnt a szemem elől. Az ereimben meghűlt a vért. Sikítani támadt kedvem és elfutni, de a lábaim valahogy gyökeret eresztettek. Egy fél másodperccel később, amikor kigyulladt az első lámpa, Chris ott állt előttem.

Ekkor felsikoltottam, mert a frászt hozta rám. Gondterhelt tekintete az arcomat fürkészte. A szívem olyan hevesen dobogott a mellkasomban, hogy azt hittem, kiugrik onnan.

- Hogy... csináltad? – még mindig a kút felé néztem, ahol az előbb állt.

- Megijesztettelek.

- Chris... – kezdtem volna, de akkor bevillant az első este, amikor éjfélkor rám támadt valami láthatatlan. Nem tudtam elhinni, hogy esetleg ő. – Nem, ez... nem lehet.

- Engedd meg, hogy megmagyarázzam.

Hátráltam tőle egy lépést.

- Kérlek! Lisa!

- Te voltál? – vágtam a képébe.

- Nem, nem én voltam. Azokat... mások művelték. Én... meg akarlak védeni.

- Megvédeni? – kérdeztem hitetlenkedve. – Egyáltalán mi vagy te?

Fájdalom látszott az arcán. Leszegte a fejét, kerülte a pillantásomat. Nem is értem miért, de visszamentem hozzá és megfogtam a kezeit.

- Én, nem érdemellek meg – olyan halkan mondta, hogy alig hallottam, mit mond. – Lisa... én, nem olyan vagyok, mint a legtöbb korom béli srác.

- Azt látom – a mellkasára helyeztem a kezem. Dobogott a szíve. – De te nem vagy olyan, mint ők.

- Honnan tudod? – végre képes volt rám nézni. Könnyek csillogtak a szemében.

- Mert téged meg tudlak érinteni. És...

- Azt hittem világosan felfogtad, amit olvastál. Mi ritkán öltünk alakot mások előtt. Nekem nagy erőfeszítésembe kerül az, hogy most láss. Nappal nem gond, de amint lemegy a nap... – keserű mosolya könnyeket csalt az én szemembe is.

- Ez úgy hangzik, mint egy átok – morogtam.

- Ez nem átok. Ez vagyok én. Egy kísértet.

- Nem, te Chris vagy, akit szeretek! – lábujjhegyre ágaskodtam, és megcsókoltam.

Azt hiszem, meglepődött a reakciómon, de én már nem bírtam tovább. Az idegeim pattanásig feszültek és akartam őt. Egy perces fáziskéséssel szorosabban magához ölelt, és viszonozta a csókomat. Éreztem őt, mert nem volt láthatatlan. Nem tudom, meddig álltunk ott csókolózva, amikor megszakította.

- Haza kellene menned – mondta halkan.

- De... – eszembe jutott, hogy mi vár rám éjfélkor. – Ők... zaklatni fognak. Megint.

- Sajnálom.

- Miért én?

- Mert beléd szerettem. Ami tilos.

A végét nem fogtam fel, csak azt, hogy szeret engem. Kézen fogott és visszamentünk a kocsihoz. Egész úton azon gondolkoztam, hogy már megint mibe keveredtem bele.

15. FEJEZET
Ígéretek...

A HAZAFELÉ VEZETŐ ÚTON szinte alig szóltunk egymáshoz. A légkondi ezerrel dolgozott a hőség csillapításán. Szinte csodálkoztam, hogy Chris képes autót vezetni ilyenkor. Valamint azon is, hogy még mindig nem menekültem el sikoltozva, de ami késik, nem múlik.

- Szóval... te általában ilyenkor mindig láthatatlan vagy? – kérdeztem maradva az eredeti témánál.
- Igen.
- Mennyire nehéz?
- Nagyon nehéz, de... én erősebb vagyok a többieknél, mert még fiatal vagyok. Bár szerintük később is ilyen leszek.
- Tegnap a temetőben miattad mentek el, igaz?
- Félnek tőlem, mert bántani tudom őket. Viszont ők is tudnak engem azzal, ha téged bántanak – egy pillanatra rám nézett.
- Igen, már mondtad, hogy a mi kapcsolatunk alapból halálra van ítélve – morogtam magam elé.
- Számomra nem fontos, hogy mit akarnak, mert nekem csak az fontos jelen pillanatban, hogy hogyan óvjalak meg tőlük.
- Te meg akarsz védeni? – ezt képtelenségnek tartottam.
- A rózsa... – megint rám nézett, mintha valami fontosat mondott volna. Értetlenül néztem rá. – A vörös rózsától félnek, de bármelyik más megteszi. Emellett kerülik azokat a házakat, ami kicsit ütött-kopott – harsányan felnevetett. – Ellenben imádják a templomokat, mert szerintük az jó móka.

- Hihetetlen! – teljesen ledöbbentem. – Tudod, ez ellenkezik azzal, amit olvastam.

- Tudom, de ez van.

Ekkor eszembe jutott valami.

- Azt a rózsát második éjjel te hagytad ott.

Lefékezett a házunk előtt, majd, úgy ahogy felém fordult.

- Igen. Lisa... – megfogta a kezem. – Valamit tennünk kell, hogy megakadályozzuk őket. Akkor fognak igazán lecsapni, amikor mindkettőnknek fájni fog. Kegyetlenek és rosszak.

- Azt mondta az a lány, hogy te az övék vagy. Miért mondta?

Chris lesütötte a fejét kerülve a tekintetemet.

- Hé, talán... nem mondhatod el?

- Már így is túl sokat mondtam – felelte, majd a ház felé nézett. – Be kellene menned.

- Ma éjjel... te...

- Veled leszek, amint ágyba bújtál – hüvelykujjával végig simított az állomon. – Hidd, el, bármit megtennék, hogy legyen jövőnk, de nem tudom, mi lehet a megoldás.

- Keresgélni fogok, hátha lesz valami értelmes. Holnap délután elutazunk, de... Chris én, nem akarlak itt hagyni – a hangom majdnem könyörgő volt.

- Ne feledd, amit mondtam. Rózsa, lehetőleg vörös és friss legyen – odahajolt, nyomott egy óvatos csókot a számra, majd kiszálltam.

- Várlak odafent – mondtam neki, mire bólintott, majd elment.

Ahogy eltűnt a sarkon, gombóc nőtt a gyomromban, ami a torkom felé kúszott. Nem is sejthettem, hogy a szüleim mennyire lesznek kiakadva azon, hogy nem otthon töltöttem a napot. Ha meg is kérdezik, mit mondjak nekik? Talán hazudjak, vagy valljam be az igazat? Már nyúltam a kilincsért, amikor egy kéz határozottan elütötte onnan, nem durván, bár nem volt olyan finom.

- Várj! – csattant fel mellettem Chris.

Most tényleg úgy meredtem rá, mintha kísértet látnék. Azt már meg sem kérdezem tőle, hogy került ide.

- Ez gyors volt! – próbáltam nem rémülten beszélni, mert azért libabőrös lettem.

- Mondtam, hogy visszajövök – megeresztett felém egy kedvesnek tűnő mosolyt.

- És a kocsid?

- Leraktam otthon. A szüleim azt hiszik, bezárkóztam a szobába.

- Teleportáltad magad? – ezen az abszurd gondolaton majdnem felnevettem, de ekkor kinyílt az ajtó.

- Lisa Nack! – kezdte anyám, de amikor meglátta Christ elállt a lélegzete. – Ó!

- Jó estét, Mrs. Nack! – legalább udvarias volt anyámmal. – Bocsásson meg, hogy Lisa ilyen későn jött haza, de meghívtam egy sütire – Chris felemelte a fánkos táskát, amit el is felejtettem.

Anyám kezébe nyomta, majd előre tolt és jött utánam. Anya arca olyan meglepett volt, hogy megszólalni sem bírt. Ekkor persze apám is berobbant az előszobába.

- Mi a fészkes fene folyik itt? – kérdezte, aztán észrevette Christ, és még inkább ideges lett. – Te meg ki vagy?

- Apa, ő Chris Handrickson, aki a múltkor haza hozott a suliból.

- Örülök uram! – Chris a kezét nyújtotta, amit apa nehezen, de elfogadott.

- Lisa, legközelebb szólhatnál, ha vendéget hozol haza – apám Chrisre nézett, de hozzám intézte a szavait. – Itt alszik?

Chris és én összenéztünk.

- Igen! – feleltem végül.

- Rob, menjünk. Hagyjuk magukra a gyerekeket – anya apához lépett, és betolta a nappaliba.

Karon fogtam Christ és magam után rángattam a szobámba. Cseppet sem volt meglepődve, amikor meglátta a szobámat, mert már korábban is járt itt, csak nem kézzel fogható formában.

- Oké, mit csináljunk?

- Menj, fürödj meg, aztán szerintem aludhatnánk. Fárasztó volt ez a nap.

- Te ezt gondolod? – odamentem hozzá, hogy megcsókoljam, de elfordította a fejét. – Nem mondhatod többet, hogy tilos, mert már megtettük – mondtam neki.

- Menj fürdeni! – szinte parancsoló volt a hangja, mire egy lágy szellő az egész testemet körbeölelte.

- Elárulnád, hogy csinálod ezt?

- Könnyen. Bárki képes rá, aki olyan, mint én – Chris a székhez lépett, amin a törölközőm virított. – Csak akkor működik igazán, ha megkedvelünk valakit.

A kezembe nyomta a törölközőt és kitessékelt a fürdőbe. Igyekeztem sietni és közben is csendesen zajongani a fürdőben, mert nem akartam, hogy anyáék feljöjjenek megnézni mit, szerencsétlenkedek. Egy hirtelen gondolattól vezérelve magam elé kaptam a törölközőt, mert eszembe jutott, amikor hétfőn fürdés előtt megéreztem a levegőváltozást. Reméltem, hogy Chris nem kukkol.

De a várt hatás elmaradt, így nyugodtan letusolhattam. Gyorsan megtörölköztem, felöltöztem, kifésültem a hajamat, majd némi krémet kentem magamra, hogy legyen egy kis illatom.

A szobában csak annyi változott, hogy Chris a fotelban ült és egy könyvet lapozgatott. Majdnem azt hittem, hogy a naplómat, de megkönnyebbültem, amikor láttam, hogy nem az. De ezek után már nem írhatok róla úgy, mint előtte, mert akár el is olvashatja, amikor nem látom. Jöttömre felnézett, majd elmosolyodott. Nem gondolkodván az ölébe vetettem magam, és nem tiltakozott.

Átkarolta a derekam, mire jobban hozzá bújtam.

- Így jobb? – kérdezte.

- Sokkal.

- Nem akarsz lefeküdni?

- Lefeküdni, vagy le-feküdni?

- Lisa, nem kell mindjárt mocskos dolgokra gondolnod – mondta, de láttam, hogy jól szórakozik rajtam, amiért a szex jutott eszembe.

- Ezer bocsánat! – megpróbáltam felállni. – Ugye nem gondolod, hogy itt alszol? - kérdeztem, mert nem követett az ágyhoz.

- Én itt is elvagyok.

- Hát legyen! – durcás arcot vágtam, és ugyanilyen durcásan lefeküdtem, a fejemre húzva a takarót, de előtte lekapcsoltam a lámpát.

Olyan sötét lett a szobában, hogy számomra kicsit furcsa volt. Most, hogy úgymond együtt voltunk, azt hittem minden jobb lesz. De ez csak egy kicsit volt így, mert Chris nem mert jobban megnyílni előttem, ami bántott. Valamiért bízni kezdtem benne, de ő azt éreztette velem, hogy nem vagyok eléggé érdemes a bizalmára, hiába mondott el annyi dolgot.

Rosszul esett. Éreztem, hogy valami végig folyik az arcomon. Sírtam. De hogy miért, magam sem tudom. Megéreztem a szellőt a takaró alatt, majd egy fél perccel később lebbent a takaró, és Chris ölelő karjaiban voltam.

- Ne sírj, Lisa! – suttogta, és puszit nyomott a nyakamra.

Kirázott a hideg. A közelségétől szinte kocsonyássá váltam. Lehunytam a szemem és magamba szívtam az illatát.

- Azért sírtál, mert nem jöttem ide?

Csak bólintottam, mire közelebb bújt hozzám. Fura érzés kerített hatalmába, amikor keménysége hozzáért a combomhoz. Lejjebb csúszott és a nyakamhoz fúrta az arcát.

- Annyira vágytam már erre – a végére elhalt ugyan a hangja, de azért felfogtam, amit mond.

Hirtelen fordultam meg, hogy lássam az arcát. Egy vonalban volt a szemünk. Az övé a sötétben szinte ragyogott.

- Még most sem hiszem el, hogy ez igaz rólad – mondtam.

- Miért?

- Számomra olyan, mintha elátkozott volna valami boszorkány.

- És hogy törhető meg? – felcsillant a szeme. Láttam, hogy mosolyog.

- Egy szerelmes csókkal, mint a mesékben – mondtam frappánsan.

- Nagyon vicces!

Elmosolyodtunk. Chris karja szorosan ölelt, majd telhetetlenül lecsapott az ajkaimra. Meglepődtem, mennyi érzés van benne, és mennyire emberi. Emberi volt, mondjon bárki bármit, még ő is. Egy ideig csókolóztunk, majd pár perc után abba hagytuk, hogy levegőhöz jussunk. Chris feljebb csúszott, mire én a mellkasára feküdtem.

- Megígérem, hogy amíg tudok, vigyázok rád – jobb kezével szokásához híven végig simított az arcomon.

- Én pedig megígérem, hogy boldoggá teszlek.

Ez volt mindkettőnk utolsó szava, mielőtt bármi történt volna.

16. FEJEZET
Üvegcsörömpölés...

EGYSZERRE UGROTTUNK FEL AZ ágyon. Chris arca inkább dühös volt, én viszont rémült voltam. Az óra szerint még közel sem járt az idő éjfélhez, ezért volt számomra megmagyarázhatatlan, hogy ilyenkor rám törnek Chris kísértet „haverjai".

- Maradj itt! – morogta Chris, mire felkelt.

- Mintha olyan messzire mehetnék – mondtam, de már csak az üres szobának, Chris ugyanis eltűnt a szemem elől.

A levegő meghalt a szobában. Szinte fülledté vált. Ültem az ágyon és vártam. Chris továbbra sem jelent meg. Valami megreccsent a közelben, reméltem nem alattam. A szívem a torkomban dobogott a félelemtől. A szemeim tágra nyíltan vizsgálgatták a szoba minden egyes sarkát. Aztán úgy pár perccel Chris láthatatlanná válása után megéreztem a szellőt, ami mostanában mindig velem volt.

Kicsit megnyugodtam, hogy Chris nem hagyott magamra, de ez nem volt így jó. Az ablak zörögni kezdett, ahogy az előző éjszakák alkalmával is. Minden porcikámban reszkettem, és olyan egyedül voltam, mint a kisujjam.

Egészen az ágytámláig húzódtam, és egyre csak Chris ígérete zúgott a fejemben. Nem tudtam elhinni, hogy csak így itt hagyott. Vagy az egészet ő csinálja, hogy elijesszen. A szüleim két helyiséggel voltak arrébb tőlem, szóval simán belefért, hogy meghallják, ha történik valami megint.

- Chris, hol a fenében vagy? – olyan elkeseredett voltam, hogy képes lettem volna bőgni, mint egy négyéves, ha nem kapja meg a játékát.

De tartottam magam. Ráérek a végén is sírni, mert addigra teljesen összeomlok. Az idegeimmel négy napja szórakoztak. Most először vártam, hogy Mary nénihez mehessek. Ő a poklot járhatta meg, mikor meghalt Billy bácsi. Őt mindenki imádta, mert olyan jóságos volt és kedves, de egy véletlen baleset miatt két hét kóma után meghalt. Mary nénit akkor láttam először és utoljára sírni.

Tiszteltem azért, mert ilyen erős nő a történtek ellenére is. Nekem is ilyennek kellene lennem, de félek, hogy inkább roncs leszek, mint erős. A gondolataimat megzavarta a festményeim lepotyogása a falról.

- Ne! – kiugrottam az ágyból és mentettem, amit lehetett.

Mióta Chris az javasolta, hogy nyithatnék egy galériát, elgondolkodtam rajta. Ezek voltak a kedvenceim, mert ezekkel nyertem mindenféle versenyen, amire beneveztem. Nem fogom hagyni, hogy holmi kis szellemek tönkre tegyék az életművemet.

„Oké, játszani akartok velem?" Valahogy a képekből sikerült erőt gyűjtenem és iménti félelmem eltűnt. „Tudom, mit akartok! Christ! De mondok én valamit… ő nem tartozik közétek!" A hangom teljesen magabiztos volt.

Úgy gondolod?

A hang a fejemben szólalt meg, amire egy kicsit megijedtem, de nem tojtam be tőle.

- Úgy! – feleltem hangosan.

Ekkor valami körvonalazódott előttem, majd egy lassú folyamat kíséretében láthatóvá vált egy női alak. Asztrálteste körül valami fura fény volt, amitől majdnem kifolyt a szemem.

- Te csak egy lány vagy, akinek nincs beleszólása a dolgok rendjébe. Chris rengeteg szabályt áthágott már, de azok közül van, amit elnéztünk. De ez... – a nő felnevetett, amikor rám mutatott. – Te vagy a legnagyobb áthágás, amit életében elkövetett. Pardon, nem is élő, szóval...

- Miből gondolod? Ha te emberi alakot öltesz, dobog a szíved?

- Chris képtelen tovább lépni, ezért más, mint mi. Ha végre elszakadna ettől a világtól, akkor sok fejfájástól megszabadítana minket.

- Titeket? – kérdeztem hitetlenkedve. – Hisz most is egyedül vagy.

- Ne sértegess! – a hangja visszhangzott a szobában.

Nem tudom hogyan, de eszembe jutott, amit Chris még a kocsiban mondott. *Rózsa, lehetőleg vörös és friss legyen.* Itt nem volt sehol sem rózsa, viszont odalent mindig volt egy vázányi. Az ajtóhoz rohantam, feltéptem és nagy sebességgel megpróbáltam lejutni a földszintre. A lépcső aljában ott állt a nő. Úgy megijesztett, hogy majdnem elvesztettem az egyensúlyomat.

De most az az átkozott virág volt a legfontosabb számomra. Átugrottam a korláton, szerencsére térdre érkeztem, és az asztalhoz siettem. A nő lebegve követett, de amihez hozzáért megreccsent. A fakorlát darabokra hasadt. Az asztal alá ugrottam, hogy megvédjem magam a fadaraboktól. Ez a kísértet megőrült, ha azt hiszi, félek tőle. Most már nem!

A padló nyikorgó hangot hallatott, ahogy elsuhant felette. A virágokkal teli váza a fejem felett volt. Elég volt csak felnyúlnom. Érdekesnek tartottam, hogy még nem szúrta ki, pedig csak pár centire volt tőlem. Miközben kihátráltam az asztal alól le sem vettem róla a szememet. Lassan közeledett felém. Vajon mire várhat?

Felegyenesedtem, és remélni tudtam csak, hogy a meglepetés varázserővel hat majd rá. A virágokért nyúltam – a váza a lendülettől feldőlt és legurult az asztalról, majd ripityára tört a padlón. A kezemben voltak anya vörös rózsái, amit ma reggel szedett a hátsó kertben. Mindig korábban kelt, hogy gondozhassa őket.

- Remélem, szereted a virágokat! – mondtam, és egyenesen felé dobtam.

Amikor rájött, mit tettem, felsikoltott. Dobhártyaszaggató sikolyától összerogytam. Valahonnan meghallottam a szüleim kétségbeesett kiáltását, amint a nevemet mondogatják. Körülöttem minden elmosódott. Csak a kísértetnő sikolyát hallottam. Aztán még hangosabb lett, az ablakok pedig berobbantak. Az üvegszilánkok záporozva temettek el.

A sikoly az ablakok betörésével véget ért. Felemeltem a fejem, hogy megnézzem, mekkora lett a káosz. Mondanom sem kell, hogy ennyi üvegszilánkot még életemben nem láttam. De legalább a virág hatásos volt. Mostantól mindig tartok magamnál egy szálat legalább.

- Lisa! Lisa! – anya hangja az emeletről jött.
- Lisa!? – ez apa volt.

Amint megláttam őket, ők meg engem, egymás karjaiba rohantunk.

- Jól vagy? – anya mindenhol megvizsgált.
- Semmi bajom, de… – az ablakok felé néztem.
- Az emeleten is betört az összes. Hallottunk valami sikolyt, és akkor… nem tudom. Lisa, mi történt? – apa arca nyugtalan volt.
- A… kísértet – nem hazudhattam nekik, főleg mivel ők, azt hiszem, hittek nekem.
- Holnap első dolgom lesz megcsináltatni itt mindent, plusz ide hívok valami… szellemlátót.

Anyára néztem, majd megint körbe a házban. Egy nagy romkupac volt az egész.

17. FEJEZET
Utazás...

AZ ALSÓ SZINTEN LÉVŐ VENDÉGSZOBÁBAN apa bedeszkázta éjszakára az ablakot, így mindannyian ott aludtunk. A mi segítségünkkel becipeltük a nappaliból a kanapét, hogy apa azon aludjon, míg mi anyával az ágyon osztoztunk. Furcsamód senki sem kérdezte meg, hová tűnt Chris. Lehet, azt hitték, hogy még a történtek előtt elment és most otthon alszik.

A levegő nem mozdult meg, amikor rá gondoltam. Sehol egy kis szellő, ami megnyugtatott volna. *Hol vagy, Chris?* Az oldalamra fordultam és hallgattam szüleim egyenletes légzését. Ők bezzeg nyugodtan tudnak aludni. A bedeszkázott ablakot bámultam, és közben azon zakatolt az agyam, hogy mit fogok tenni. Ezek után semmi jóra nem számíthatok, és csak remélhettem, hogy Wilmingtonig nem kísérnek el a rosszakaróim.

Lehunytam a szemem és próbáltam nem gondolni semmire, de nem sikerült. Chris arca jelent meg előttem még csukott szemmel is, ahogy azt mondja, szeret. Hülyeség, tudom, de amikor erre gondoltam, valahogy jobban éreztem magam. Végül az álmosság győzött felettem és sikerült elaludnom.

Másnap reggel arra keltem fel, hogy egyedül vagyok. A szüleim sehol sem voltak. Megdörzsöltem párszor a szemem, majd feltápászkodtam az ágyról és elindultam megkeresni az őseimet. Anyát a nappaliban találtam meg, amint az üvegszilánkokat söprögette. Rémesen rosszul állt a seprű a kezében, ezért kinevettem. Szúrós szemekkel nézett rám.

- Keress egyet te is és segíts, ahelyett hogy rajtam röhögsz! Nem tehetek róla, hogy a házimunka kerül engem.

- Hagyd, majd én megcsinálom – körbe néztem a szobában. – Apa hol van?

- Odakint telefonál a biztosítóval, meg valami üvegessel. Utána meg átmegy Philékhez, hogy megkérje, felügyelje a házat, míg mi nem vagyunk itthon.

- Ti komolyan képesek vagytok ilyen körülmények között elutazni? – a felháborodásom egy hangya értelmi szintjén volt.

- Lisa, ne cirkuszolj! – anya csípőre tette a kezét. – Menj a seprűért, és seperd fel az emeletet!

Tisztelegtem előtte, majd a konyhába mentem. A seprűket a spejz mellett tartottuk a lapáttal együtt, de ide jóformán egy konténer kellene, vagy valami nagy teljesítményű óriás porzsákkal ellátott porszívó. Istenem, a modern korban élünk, nem a középkorban, ahol mindent kézzel szedtek össze. Fogtam a munkaeszközeimet és felkullogtam az emeletre. Szerencsére csak a folyosó végén volt egy ablak, ott elég kicsi volt a rumli.

De ahogy benéztem az emeleti helyiségekbe, elborzadtam. Elgondolkoztatott a dolog, hogy mi lesz legközelebb. Nem, nem lesz, határoztam el magam. Meg kell találni a módját, hogy békén hagyjanak, ha kell… igen, lemondok Chrisről is.

Anyáék hálószobájával kezdtem. Ott öt lapát szilánkot szedtem össze. Utána jött az én szobám, a két vendégszoba és a fürdő. Mire végeztem, lerogytam a folyosón lévő székre. A gyomrom hatalmasat kordult az éhségtől. Hát igen! Üres gyomorral sose kezdj hozzá házimunkához.

Lementem a konyhába, ahol végre együtt találtam anyát és apát. Mikor leültem, anya elém rakott egy tányér omlettet.

- Ha megetted, menj, és pakold be a legszükségesebb dolgokat, amit hozni akarsz.

- Vihetem a laptopomat? – anélkül egy tapodtat sem mozdulok.

- Amit csak akarsz, de lehetőleg ne a te holmiddal legyen tele a kocsi. Ne feledd, csak egy éjszaka leszünk ott. Vasárnap már jövünk is – apa nagyot harapott a szendvicséből.

Ahogy végeztem, felpattantam a székről, és már rohantam is fel a szobámba. Az ajtóval nem is foglalkoztam. A szekrényhez léptem és előkotortam az utazó táskámat. Az ágyra dobtam, majd visszamentem a szekrényhez és kivettem, amit magammal terveztem vinni. Ahogy ott álltam, furcsa érzés kerített a hatalmába, mintha valaki állna a szobában.

Megfordultam és megláttam Christ. A szívem őrült tempóba kezdett, de a haragomat nem tudta legyőzni.

- Mit keresel itt? – kérdeztem a legközömbösebb hangon, amilyenen csak lehet.

- Bocsánatot akarok kérni.

- Csak úgy itt hagytál. Erre most azt kéred, bocsássak meg? – a hangomat nem mertem felemelni, mert nem akartam, hogy a szüleim megtudják, hogy Chris itt van.

- Engedd meg, hogy megmagyarázzam.

- Rajta! – visszafordultam a szekrényhez, és próbáltam összeválogatni néhány normális pólót.

- Úgy gondoltam, láthatatlanul többet tudok tenni, de tévedtem. Az, hogy előtted olyan sokáig mutatkoztam, legyengített, ők meg kihasználták.

Bilincsbe vertek, és most szabadultam ki. Ez az igazság. Meg akartam őket állítani, de… legyőztek – a *legyőztek* szót úgy mondta, mintha ő maga sem hitte volna el.

- Hát… legalább megpróbáltad – mondtam. - De a rózsa működött! – közöltem mosolyogva.

- Tudom. Az egészet láttam, csak nem engedték, hogy közbelépjek. Helen nagyon veszélyes.

- Helen?

- Ő a vezetőjük. Csak arra vár, én mikor gondolom meg magam.

- Úgy érted arra vár, mikor leszel te is olyan gonosz, mint ők – morogtam. – Mindegy, remélem a hétvégém kísértetmentes lesz.

- Elutazol? – Chris leült az ágyam szélére és a táskát bámulta.

- Igen. Kicsit… kikapcsolódom. Kell a levegőváltozás, meg aztán Mary néni éppen olyan zűrös, mint én – felnevettem ezen az abszurd dolgon. – Szánalmasak vagyunk. Előbb vagy utóbb a szüleim sem fogják tűrni ezeket.

- Sajnálom.

Chrisre néztem. Olyan arcot vágott, hogy egyszerűen nem tudtam megállni, oda kellett mennem hozzá. Az ölébe ültem és átöleltem.

- Tudod, hogy mit érzek – mérhetetlenül nagy szomorúságot sugárzott, ami kicsit megijesztett.

- Mi a baj? – felemeltem a fejem, hogy a szemébe tudjak nézni, ami olyan zöld volt, mint a levelek a fákon.

- Szeretnék megoldást találni, de nem tudom, hol kezdjem. A szüleim kezdenek gyanakodni és… én nem mondhatok semmit – a nyakamhoz fúrta az arcát.

– Lisa, olyan jó, hogy te nem menekülsz el előlem.

- Miért tenném?
- A többieknek van esze, és mindenki megérzi, ha olyan van a közelükben, aki nem tartozik oda.
- Arra akarsz kérni, hogy felejtselek el? – a hangom furcsán csengett.
- Jobb lenne, hidd el.
- Nem, nem lenne jobb! – ismét kihozott a sodromból, de ezúttal nem engedek. – Tudod, egészen idáig arra vártam, hogy valaki észrevegyen. Olyan szar érzés volt, hogy körülöttem a legtöbb embernek minden bejön, csak nekem nem. Mindig én voltam az, akit kiközösítettek. Átgázoltak rajtam. Fel tudod fogni, milyen érzés, amikor mindenki rajtad röhög, és csak egyetlen ember van, aki hajlandó segíteni? – a könnyeim kibuggyantak.
- Lisa… – Chris már talpon is volt és a karjaiba zárt. – Ne haragudj.
- Segíteni akarok neked. Mary néni… talán tud valamit.

Chris csak bólintott. Az állam alá nyúlt, megemelte a fejem és ajkait puhán az enyémhez érintette. Átkaroltam a nyakát és közelebb préseltem magam hozzá. Chris ujjával végig simított a gerincemen, amibe beleborzongtam.

- Lisa! – apa hangjára szétrebbentünk, mintha valami tiltott dolgot csináltunk volna.

Chris elengedett és csendesen tűrte, amíg összepakoltam mindent. Szívesen segített volna lecipelni a táskámat, de egyikünk sem akarta, hogy itt találják. Mielőtt átöltöztem, érzelmes búcsút vettünk egymástól, de előtte megígérte, hogy este meglátogat. Már nem riadtam meg, mint tegnap este, amikor láthatatlanná vált a szemem előtt. Reméltem, hogy már nincs itt és nem kukkol, ahogy átöltözöm.

Anya már a kocsiban ült, apa meg éppen akkor tette be a táskámat, amikor bezártam az ajtót. Lágy szellő cirógatta meg az arcom, amire elmosolyodtam.

- Mi olyan vicces? – kérdezte apa, mielőtt beszállhattam volna.

- Csak örülök, hogy elutazunk egy kicsit – hazudtam, és végre beültem anya mögé.

Amint végzett, apa beült a vezetőülésre, beindította a kocsit, sebességbe tette, és már indultunk is. Wilmingtonba az út körülbelül hat órás volt – de lehet néha több, ezért anya megkérte apát, hogy álljon meg a Harris Teeter szupermarketnél. Anya megkért, hogy menjek vele, mert sosem tudni, mi mindent vásárol össze. A szüleim otthon sosem pakoltak be kaját, mert egyszer elfelejtettük megenni és megromlott. Azóta frissen vásárolunk, vagy megállunk egy gyorsétkezdénél.

Fél óráig ácsorogtunk a pénztárnál, olyan sokan voltak így reggelről. Amikor végre kiszabadultunk, bevágódtunk az autóba és már indultunk is. Előszedtem a laptopomat, hogy megnézzem írt-e Teresa. Hiányzott a csacsogása tegnap óta. Nem volt jó, hogy Chris miatt összevesztünk. Gondoltam írok neki, hogy mi van vele. Amikor végre életre kelt a gépem, beledugtam a fülhallgatómat, hogy közben hallgathassam a kedvenc zenéimet.

Utoljára egy Heather Nova számot hallgattam. Elindítottam és majdnem maximum hangerőre vettem. Megnéztem az e-mailjeimet, de jobbára csak akciókról szóló hirdetések voltak. Mégsem írtam Teresának. Kiléptem mindenből, de a zenét tovább hallgattam. Kibámultam az ablakon és a tájat néztem, ami úgy suhant el mellettünk, mint egy emlék.

Lehunytam a szemem. Arra tértem magamhoz, hogy anya pofozgatja az arcomat. A kocsi állt. Nem voltam még magamnál. Anya kisegített a hátsó ülésről, én meg mélyet szippantottam a levegőből. Megérkeztünk. Szétnéztem, változott-e valami, de nem láttam semmit, ami új lett volna.

- Lisa! – Mary néni egy szempillantás alatt a karjaiba zárt.

Visszaöleltem, és most jöttem rá, mennyire hiányzott nekem.

18. FEJEZET
Mary boszi...

MARY NÉNI SZINTE KÖRÜLDONGOTT minket.
Rengeteg süteménnyel kínált, én meg nem győztem
megkóstolni őket. Italként limonádé volt, ami a világ
legjobbja címet kapta nálam. Később, amikor nem
igazán volt miről beszélgetni, Mary néni megmutatta
a szobámat, ahol az előző években is aludtam. Most
azonban túlságosan is titokzatos volt ezt illetően. Még
anyáéknak sem engedte meg, hogy megnézzék.

- Remélem, tetszeni fog – mondta, majd kitárta
előttem az ajtót.

Elállt a lélegzetem. A szoba falai át voltak festve.
Az utóbbi időben szánalmas barna színű volt, most
viszont lányosan rózsaszín. A bútorok újak voltak,
még az ágy is. Azonnal ki kellett próbálnom. Mary
néni mosolyogva figyelte minden egyes mozdulatom.
Az ágyra vetődtem és örömmel konstatáltam, hogy
milyen puha és kényelmes. Még a sajátom sem volt
ilyen jó.

- Na?

- Szuper! – felültem az ágyon, és a nénikémre
néztem. – Honnan volt erre pénzed?

- Billy bácsikád pénzét a múlt hónapban kaptam
meg, gondoltam, nem árt újítani. Természetesen a régi
bútorokat nem dobtam ki, mind a garázsban van...
egyelőre.

- Eladod őket?

- Egy régiségkereskedő a napokban felkeresett, és
azt mondta, megvenne néhány dolgot. – fanyarul
felnevetett.

- Jó, hogy nincsenek gyerekeitek, akiknek osztozni kellene az örökségen – a szám elé kaptam a kezem és próbáltam olyan bűnbánó arcot vágni, amennyire csak tellett tőlem.

- Semmi baj, Lisa – Mary néni leült mellém. – A pénz egy részét az árva gyerekeknek adtam. Billy is így akarta.

Leszegtem a fejem és gondolatban jól fejbe kólintottam magam, hogy jártattam a számat. Mary néni meddő volt, ezért nem lehetett sosem gyereke. Azt nem értettem, miért nem fogadtak örökbe, hiszen olyan sok gyerek van, akik normális szülőkre vágynak.

- Mary néni, van valami, amiről beszélni szeretnék veled – kezdtem bele.

- Rendben, beszéljünk, de ne itt, hanem a kertben.

Mind a ketten hátra mentünk a gyümölcsfák alá. Nagy lombjaik árnyékot vetettek ránk, megvédve a nap erős sugaraitól. Egy-egy napozóágyra ültünk le. Az asztalon lehullott gyümölcsfa virágok voltak.

- Most már mondhatod – szólalt meg.

- Azért hoztál ki, hogy anyáék ne hallják? – Mary néni csak bólintott, mire folytattam. – Azt hiszem, kezdek megőrülni, és ezt ők is tudják.

- Miről van szó? Ne félj kimondani.

- Kísértenek – mondtam halkan.

Mary néni szemei tágra nyíltak a rémülettől. Kiegyenesedett ültében és felém fordult.

- Mit mondtál?

- Azért merek róla veled beszélni, mert téged is… – hülyén éreztem magam, amiért szóba hoztam. – Segítened kell!

- Mondj el mindent! – követelte.

Beszámoltam mindenről – beszéltem az első éjszakáról, arról, hogy apa hiába csináltatta meg a zárat, nem számított semmit. Christ ügyesen cenzúráztam a történetből. Eszemben sem volt elmondani, hogy miatta történik minden. Úgy adtam elő, mintha bizonyos dolgokat az internetről olvastam volna. Néha Mary néni úgy meredt rám, mintha nem hinne nekem.

– Tudnom kell, mi történik velem, és hogyan vethetek véget ennek.

– Először is tisztában kell lenned azzal, hogy ezt valószínűleg azért csinálják, mert valamit a tudomásodra akarnak hozni.

– Igen, ezt tudom. Elmondták.

– Beszéltél velük?

– Hisz mondtam az előbb. Az a nő azt mondta, hogy… – haboztam. – Ő a miénk. Fogalmam sincs, kire célozhatott.

– Talán szoros kapcsolatba kerültél valakivel, akinek tilos lenne veled mutatkoznia – Mary néni találgatása célt ért nálam, de nem mutattam ki, hogy ez így van. – Ismersz valakit, aki furcsa a környezetedben?

– Nem! – vágtam rá azonnal, és borotvaéles tekintetét máris rám vetette. – Mármint, nem ismerek senkit.

– Lisa, mindketten tudjuk, hogy ez nem igaz. Kit akarsz becsapni?

Istenem, ebből már nem mászom ki. Egyenesen a nénikém szemébe néztem. Még mielőtt bármit is mondhattam volna, megéreztem a szellőt, ami lágyan belekapott a hajamba. Ez egy jel akart lenni, hogy ne mondjam el, de segíteni akartam Chrisen.

– Az osztálytársam. Egy… fiú. Chrisnek hívják.

Mary néni nem mondott semmit, helyette elmosolyodott, mintha valami viccet mondtam volna.

- A szerelem eléggé kiszámíthatatlan dolog. Ugye? Lefogadom, hogy a barátod most is itt van, különben nem lenne ilyen hűvös a szellő.

Én is éreztem a levegőváltozást, de míg ez nekem kellemes volt, addig Mary néninek nem. A következő pillanatban megragadta a kezemet, és felhúzott.

- Hová megyünk? – kérdeztem.
- Mindjárt megtudod.

Visszamentünk a házba. Anyáék magukkal voltak elfoglalva, gondolom, mert sehol sem láttam őket. Nénikém a dolgozószobába vitt, amit jól bezárt – szerintem kulcsra –, hogy ne zavarjanak minket. Hellyel kínált, míg ő leült az asztal mögötti bőrfotelba.

- Minek jöttünk ide?
- Csak figyelj arra, ami történik.

Fogalmam sem volt miért mondja ezt, de hallgattam és figyeltem. Bár a várakozásból már elegem volt, azért mégis némán tűrtem. Aztán egyszer csak elsötétült a szoba, majd mindenféle színű fények jelentek meg, pedig senki sem mozdult meg, hogy felkapcsolja ezeket a különös fényeket. A szoba hangulata megváltozott. Mary nénire néztem, aki örömmel nézte az én megdöbbent arcomat.

Egy könyv esett le a háta mögött lévő polcról, ami egyenesen a kezében landolt. Meghűlt az ereimben a vér. Mi a fene?

- Mit is akarsz tudni? – kérdezte olyan hanghordozással, hogy attól berezeltem.
- Hát... – kiszáradt a szám.

- Áh, meg is van! – kinyitotta a könyvet valahol, majd elém tolta. – Nem kell megrémülnöd attól, amit olvasni fogsz.

Magam felé fordítottam és olvasni kezdtem. Elég réginek tűnt a szóhasználata, de azért elbírtam olvasni.

Ahogy beleolvastam, rájöttem, hogy ez egy naplóbejegyzés.

„…a félelem markában voltam. Kísértenek. Mindenki azt hiszi, megbolondultam. Társasági körökben próbálom titkolni, mennyire zaklatott vagyok…"

- Ezt nem értem. Ki ez a…
- Egy hölgy. Annyi idős lehetett, mint most te – felelte nekem Mary néni, fejével a könyv felé intett, hogy folytassam.

„Helen megjelent az éjjel, és arra kért, felejtsem el Lucast. Istenem, hogy kérhet tőlem ilyesmit? Lucas megígérte, hogy megvéd, bármi is történjék, de amikor nem látom őt, nem tudom, mit csinál. Helen gonosz, és a terveiben csak halált látok, semmi mást.

Elhatároztam, hogy felkeresek valakit, aki talán tud segíteni. Rose ajánlotta nekem előző

nap a hölgyet, aki a város határában él.
Valami vajákos asszony. Egy... boszorkány."

Felemeltem a fejem és Mary nénire néztem.
Boszorkány? Eddig sosem hittem a
természetfelettiben, de most? Mary néni csendesen ült
a székben, és nem nézett rám. Folytattam.

„1895. szeptember 9.

Görcs volt a gyomromban, ahogy a nő

háza felé lépkedtem. Sosem hittem a

boszorkányok létezésében. Most miért

tenném? Megálltam a nagy faajtó előtt, és

életemben először rettegtem. Nem sok

embernek mondtam el, ezért féltem attól, hogy

kinevetnek. A szüleim bolondok házába

záratnának. Bekopogtam, mire egy asszony

nyitott nekem ajtót. Nem úgy nézett ki, ahogy

elképzeltem. Fiatal volt az arca, és nem

hordott ódivatú ruhákat. Beengedett, utána

elmondtam az egész történetet.

Azt mondta, tud segíteni. Elővett egy

könyvet a könyvespolcról, ami a háta mögött

volt. Elkérte a nyakláncomat, és valami

halandzsa közben csinált vele valamit. Amikor

visszaadta, azt mondta ez meg fog védeni.
Készített nekem egy amulettet."

Lapoztam egyet, mert érdekelt a folytatás.

„1895. szeptember 10.
Ma reggel, amikor felébredtem Helen volt
a szobámban. Megijedtem tőle. Olyan volt az
arckifejezése, amitől úgy éreztem magam,
mint akiről lenyúzták a bőrt. Azt mondta,
hogy meg kell fizetnem azért, amit tettem, de
amikor megpróbált hozzám érni, az amulett
megégette a kezét. Nem hittem a szememnek.
Ekkor Lucas is megjelent. Helen nézte, ahogy
életem szerelme mellém áll. Azt mondta
bosszút fog állni rajtunk valahogyan. Már
nem féltem tőle."

Ezután sokáig nem volt semmilyen bejegyzés. Az
utolsót majdnem egy évvel később írták.

„…Helent azóta sem láttuk. Az amulett
mindkettőnket véd. Lucas feleségül vett, és a jövőnket
tervezzük. Bár tartok tőle, hogy ez a gonosz
nőszemély nem örökre tűnt el az életünkből."

Helen bosszút állt rajta? Több bejegyzés nem volt. Összecsaptam a naplót és kérdőn Mary nénire néztem.

- Te egy boszorkány vagy.

- Azt akarod, hogy segítsek. De előre szólok, az akkori módszer fabatkát sem ér.

- Akkor mi?

- Vér kell a vérnek – Mary néni arca olyan komoly volt, mint egy vakbélgyulladás.

19. FEJEZET
A gonosz...

A NAPLÓ KÖRÜL FOROGTAK A gondolataim a vacsoránál, fürdés közben, még az ágyban is. Észre sem vettem, Chris mikor jelent meg, de már ott feküdtem a karjaiban.

- Valami nem hagy nyugodni – jegyezte meg nagy komolyan.

- Ennyire látszik? – zöld szeme két fekete korong volt a sötétben. – Ugye nem haragszol, amiért elmondtam?

- Nem. Haragudhatnék, még sem tudok – közelebb hajolt és puszit nyomott az arcomra.

- Vért a vérnek, ezt mondta a nénikém. Szerinted hogy értette?

- Fogalmam sincs – Chris arca töprengővé vált.

- El sem hiszem, hogy ő egy igazi... boszorkány. Maga a gondolat is...

- Megrémít? – mintha rajtam mulatna.

- Nem, inkább csak... fura. De manapság mi nem az? – közelebb csúsztam hozzá. – Chris... félek.

- Nem szabad félned, különben könnyebben csal csapdába.

- Elmeséled, hogyan lettél ilyen?

- Erről nehéz beszélem – mondta halkan.

- Kérlek! – biztatásképpen megcsókoltam.

- Pár éve történt. A nagyapámmal tartottunk hazafelé az Ontario-tótól, amikor egy szarvas kijött elénk az útra. Elütöttük, mi meg neki ütköztünk egy fának. A nagyapám állítólag a helyszínen meghalt. Azt hiszem, már amennyit hallottam, egy turista vett észre minket és értesítette a mentőket – Chris a mennyezetre nézett. – A szüleim azt mondták, csoda történt velem, mert szerintük halottnak kellene lennem.

- Miért?

- Meghaltam. A műtőben. Nem tudtak újra éleszteni. Már a hullaházba vittek volna, amikor az ápolónak feltűnt, hogy lélegzem. Én azt sem tudtam, hol vagyok.

- Nem éreztél semmit?

- Mármint láttam-e fényt? – Chris rázkódott a nevetéstől. – Egy női hangot hallottam a fejemben. Arra emlékszem, hogy valami sötét helyen vagyok és fázom. Aztán egy kórházi ágyon tértem magamhoz órák múlva.

- Ez... tényleg különös.

- Én is ezt mondtam. Amikor először tűntem el, nem értettem, mi történik velem. Láttam a holtakat, akik a földön rekedtek, és láttam, mit művelnek. Próbáltak engem is rábeszélni a csínytevésekre, de én nem akartam olyan lenni, mint ők. Aztán találkoztam Helennel. Ő mindent elmagyarázott.

- Például, hogy tilos beleszeretned valakibe?

Chris bólintott. Egy ideig nem beszéltünk, csak feküdtünk egymás mellett. De ez a csend valahogy más volt. A levegő kezdett megint nyomottá válni. Az órára sandítottam és szomorúan konstatáltam, hogy mindjárt éjfél. Lehet, itt sem lesz nyugtom. A szoba levegője hűvösebb lett.

- Chris, te is érzed?

Chris nem válaszolt, csak közelebb vont magához. A mellkasához fúrtam az arcomat, és próbáltam mélyeket lélegezni. A hideg lassan kúszott fel a lábamtól a nyakamig.

- Nyugalom – csitított Chris.

- Fá-fázom – dadogtam.

Nem hittem volna, hogy egyáltalán ki tudok préselni akár egy értelmes szót is a számon. Szinte vacogtam a hidegtől. Mintha hóban feküdtem volna, vagy egy kád hideg vízben.

- Chris… kérlek, csinálj… valamit – összeszorítottam a szemem.

Egyre rosszabb volt.

Hívj be.

A hang a fejemben szólalt meg. Nem tudom miért, de lefejtettem magamról Chris ölelő karjait és felkeltem. Láttam rajta, hogy nem érti, mire készülök. Igazából ésszel én sem fogtam fel, mert a testem akaratomon kívül engedelmeskedett valakinek.

Az ablakhoz gyere.

Egy nő szólított. Mielőtt még oda érhettem volna, Chris elém ugrott.

- Ne! – Chris karjai béklyóba vertek. – Hát nem érted? Pontosan ezt akarja!

Szavai értelmet nyertek, és már nem vergődtem tovább. Magához ölelt, közben távolabb húzott az ablaktól.

Hívj be. Ne engedd, hogy közénk álljon.

Kitéptem magam Chris karjaiból, és az ablakhoz léptem. Mielőtt még megakadályozhatott volna, kinyitottam az ablakot.

- Gyere be! – mondtam.

A nő megjelent előttem és belépett a szobába. Chris hátra rántott, majd elém állt. Hirtelen mindent sikerült felfognom. Még a lélegzetem is elállt a sokktól, amit kaptam. Behívtam ezt a nőszemélyt, pedig Chris megkért, hogy ne tegyem.

- Végre! – ránk villantotta mosolyát, amitől a hideg futkosott a hátamon. – Chris drágám, be sem mutatsz a barátnődnek? – Helen lebiggyesztette a száját, mintha ez az apró dolog elszomorítaná.

- Ő Lisa Nack – Chris hangja nyers volt, de magabiztos.

Úgy láttam, hasonlóképpen utálja ezt a nőt, mint én. Igaz én nem ismertem, de az is elég volt, amit tudtam róla.

- Chris! – mézes-mázas hangon beszélt. – Megint áthágtál egy szabályt, és nem is akármelyiket – fekete szemeit rám szegezte. – Ez a lány halandó.

- Chris is az – szólaltam meg.

Helen közelebb jött hozzánk. Nem kerülte el a figyelmét, hogy Chris úgy áll előttem, mint egy testőr.

- Nevetségesek vagytok mind a ketten! – Helen felnevetett. – Az igaz szerelem sosem győzött felettem. És soha nem is fog.

- És a medál? – kérdeztem.

- A medál? – úgy meredt rám, mintha kísértetet látna. – Elisabeth ostoba volt, amikor azt hitte, legyőzhet. Lucas meg még ostobább. De, ahogy megígértem nekik, bosszút állok, amiért így túljártak az eszemen.

Sem én, sem Chris nem szóltunk egy szót sem. Vártuk a folytatást. Egyáltalán nem akartam kérdésekkel zavarni a kísértetkirálynőt.

- Szóval olvastad a naplóját?

- Igen.

- Buta lány. Fényes jövő állhatott volna előtte, de beleszeretett egy egyszerű közemberbe. Egy kísértetbe, akiben annyi tartás nem volt, hogy engem válasszon. Milyen szánalmas életet választottak ők maguknak! Kérdem én, mi értelme az örök szerelemnek, ha csak éjjel láthatod a szerelmedet? –

megint felnevetett, szinte már ördögien kacagott. – És ti?

- Ez más – közöltem vele hidegen. – Chris él, ez csak... átok.

Helen olyan hangosan nevetett fel, hogy az ablaküveg megrepedezett, akárcsak a tükör.

- Ennél nevetségesebbet még sosem hallottam.

- Pedig igaz! Ő nem halt meg teljesen, hiszen visszatért! – teljesen kikeltem magamból.

Ha kell, szembeszállok mindenkivel, csak hogy bebizonyítsam az igazamat. Helen egészen közel jött hozzám. Farkasszemet néztünk. A szeme olyan fekete volt, mint a legsötétebb pince, ahová egyszer kis koromban véletlenül bezártak. Teljesen arra emlékeztetett.

- Neked most nem ezzel a lánnyal kellene foglalkoznod! – Helen dühösen fordult Chrishez, aki még mindig tartotta magát.

- Nem hagyom egyedül! Szeretem!

- Akkor mind a ketten meghaltok! – szavainak hatására megfagyott körülöttünk a levegő.

Mutatóujját rám szegezte, miközben láttam, hogy kántál valamit. Chris magához ölelt, de már késő volt. Olyan fagy kúszott a csontjaimba, hogy arra nem voltak szavak. Felordítottam a fájdalomtól. Ha Chris nem tart erősen, talán összerogyok. Összeszorítottam a szemem és próbáltam küzdeni a fagy ellen, ami a mellkasomat szorongatta.

- Most megtudhatod milyen az, ha valaki ellenszegül nekem!

Fény kúszott be a sötét szobába. Először nem értettem, hogyan vettem észre ilyen hamar, de ekkor megláttam, azt, aki a fényt hozta. Meleg volt, legszívesebben mellé kuporodtam volna, és magamba szívtam volna az egészet.

- Távozz! – Mary néni egy lila gyertyát fogott a kezében.

Helen megdermedt, amikor meglátta a nénikémet. Úgy nézett rá, mintha egy régi ismerősre nézne.

Vetett ránk egy utolsó pillantást, majd eltűnt, akárcsak a fagy a testemből.

20. FEJEZET
Lemondások...

MINDHÁRMAN A DOLGOZÓSZOBÁBAN ültünk, és egy szót sem szóltunk. Meg voltam lepődve, hogy Mary néni Christ nem zavarta el, pedig biztos rájött, hogy ő nem jött velünk Wilmingtonba. Ő a bőrborítású székben ült, míg mi azokban az ócska székekben, amit még Billy bácsi vett. Fura, hogy a nénikém ezektől nem szabadult meg. Persze, ebben a dolgozószobában nem ez volt az egyetlen ódivatú dolog.

Például a bükkfából készült szekrények sem mai darabok voltak. Úgy tippeltem, nagyjából annyi idősek lehetnek, mint a nagyapám, aki még akkor meghalt, amikor három éves voltam. A polcokon porosodó könyvek legtöbbje ismeretlen volt számomra, de természetesen Amerika történelme szép sorban fel volt pakolva.

Mary nénire sandítottam, aki egy tollal zsonglőrködött az asztal felett. Azt próbálta ki, mennyi ideig tudja állítva az ujján megtartani. Chris felé fordultam, hogy lássam, mit csinál. A mobiltelefonját nyomkodta. Vajon mi lehet olyan érdekes, ami jobban leköti a figyelmét, mint én? De ezen később is ráérhetek aggódni, most a legfontosabb Helen fenyegetése volt, meg az, amit én követtem el.

- Meddig ülünk itt tétlenül? – kérdeztem, mire Chris és Mary néni rám néztek.

Mary néni letette a tollat, majd felállt és megállt az ablaknál. Odakint maximum csak a fák sötét sziluettjét lehetett látni, meg a csillagokat, ha tiszta volt az éjszakai égbolt.

- Van róla fogalmad, mit tettél?
- Sajnálom – mondtam. Lesújtva éreztem magam.
- Sajnálhatod is. Tudod mennyi időmbe telt, hogy majdnem mindentől mentessé tegyem ezt a házat? Lisa... az unokahúgom vagy, de ezt azért nem vártam volna tőled.
- Megértem, hogy most inkább máshová kívánsz.
- Egy valamit nem értek még – felemeltem a fejem és ránéztem. – Hogy jött be a fiú? – a tekintetünk találkozott Chrisszel. Ugyan mit mondhatnánk? Az igazat?
- Róla meséltem neked koraeste.

Mary néni végig mérte Christ, aki közben túlságosan is feszült volt. Megfogtam a kezét, mire leereszkedett a válla.

- Nem halott, de nem is élő. Ő nem olyan, mint Lucas, akiről olvastál. Mi történt veled?
- Volt egy balesete, aztán meghalt, majd feltámadt – taglaltam röviden, mielőtt Chris megszólalhatott volna.
- Érdekes – morogta Mary néni.

Halk kopogás zavarta meg beszélgetésünket. A nénikém nyugalomra intett minket, majd az ajtóhoz lépett. Úgy nyitotta ki, hogy ne nagyon lehessen ránk látni.

- Mi a baj, Rob?
- Zajt hallottam, és gondoltam megkérdezem minden rendben van-e – apa volt az. Vajon mit hallhatott?
- Ne aggódj. A végén még több ráncod lesz, mint amennyi most látszik – Mary néni próbálta elviccelni

a dolgot, de tudtam, hogy apánál ezzel a stílussal nem vágódik be.

- Egyébként mit csinálsz még itt ilyenkor?
- Rob, a magánéletem nem tartozik rád, vagy már elfelejtetted?

Apa csendben volt egy fél pillanatig, majd becsukódott az ajtó. Ezzel le volt zárva a téma.

- Mit fogunk csinálni? – kérdeztem kicsit izgatottabban, mint akartam.
- Mi? Semmit. Ellenben ti… nagyon is sokat – a könyvespolchoz ment, majd leemelt egy vaskos kötetet, ami port köhögve nyílt ki az asztalon. – Nem sokat tudok segíteni, de annyit mégis, hogy a fiatalúron valamiféle átok ül, mint igazi… nem is tudom. A lényeg, hogy vért kell adni a vérnek az örök és igaz szerelem jegyében.

- És gondolja, hogy ez működik? – szólalt meg Chris.

Mary néni úgy nézett rá, mintha most helyben fel akarná nyársalni.

- Miért, szerinted mi a megoldás?

Chris vállat vont, majd felállt a székből.

- Nem tudom, mi lehet a megoldás, de hogy ez egy átok legyen, azt képtelenségnek tartom. Elég ideje élek így, hogy tudjam ez nem átok – az utolsó szót jól megnyomta, hogy tudjuk, nem hazudik.

- Oké, nem átok. De akkor mi? – tettem fel a kérdést, ami mindannyiunkat foglalkoztatott.

- Egyelőre, szerintem, legyen elég ennyi. Most menjetek aludni. Ráérünk holnap is foglalkozni ezekkel a természetfeletti izékkel.

Mary néni ágyba parancsolása hasznosnak tűnt, mert sem én, sem Chris nem tiltakoztunk. Némán, halkan közlekedtünk az emeleten a szobám felé. Chris a kezemet fogta, mintha attól félne, hogy valami előugrik a sötétből. Amint beléptem a szobába, gyorsan ágyba is bújtam. Chris becsukta maga mögött az ajtót, majd hátával nekidőlt.

- Nem jössz ide? – reméltem, a hangomból nem lehetett kihallani, mennyire vágyok az ölelésére.

- Haza kellene mennem.

- Miért csinálod ezt? – zöld szemeivel rám nézett.

– Miért sajnáltatod magad? Én próbálok segíteni neked, de te nem akarod. Látom rajtad.

- Ez nem igaz, csak féltelek, ennyi. Túl sokat akarsz kockára tenni.

- Ha én lennék a helyedben, te nem tennéd meg ugyanezt?

Nem felelt. Nagy léptekkel az ágyhoz jött, majd lerúgta a cipőjét, így hozva tudomásomra, hogy menjek arrébb. Pár centit mozdultam csak meg, mire mellém feküdt. Amint leért a feje a párnára azonnal odabújtam hozzá, a mellkasára fektetve a fejem. Összefűztük ujjainkat. Magamba szívtam Chris dezodorának illatát, amitől hirtelen elnehezültek a szemeim. De az alvással még várnom kellett egy kicsit, mert a telefonom rezegni kezdett a szekrényen.

Odakaptam, hogy megnézzem kitől érkezett üzenetem. Mikor Teresa nevét írta ki a kijelző, nem hittem a szememnek.

„Bocs, de nem kell a ruhád. Kapok egy

másikat, és az sokkal jobb lesz. T."

A szívem hevesen kezdett dobogni a mellkasomban a hirtelen rám törő dühtől. Kitöröltem, majd kikapcsoltam a mobilomat.

- Mi a baj?

- Csak Teresa – mondtam lassan.

Éreztem, hogy Chris ennél azért többre vágyik, mert a válaszom nem volt kielégítő.

- Tudod, hogy összevesztünk miattad. De most nem ezért írt. Úgy volt, hogy én csinálom meg a báli ruháját a jövő heti végzősök báljára, de most azt írta, nem kell neki, mert lesz egy sokkal jobb – magamban fortyogtam.

- Gondolj csak bele, legalább nem kell többet dolgoznod rajta.

- De már csak pár simítás volt hátra, és készen lett volna. Lefogadom, csak heccelni akar, de majd a végén bánni fogja.

- Miért mondod ezt?

- Az a ruha akár egy híres tervezőé is lehetne. Annyit szenvedtem vele, mire sikerült megcsinálni a megfelelő mintát, majd az eredetit. Erre most... tudod, legszívesebben megszaggatnám.

- Hé! Mióta vagy te ennyire agresszív? – Chris jót mulatott rajtam, pedig egyáltalán nem volt vicces. – Lisa...

- Mi van? – kérdeztem gorombán.

- Te is mész a végzősök báljára?

- Nem tudom. Eredetileg úgy volt, hogy együtt megyünk Teresával, de ő gondolom, Edisonnal megy. Úgy hogy én... szerintem otthon maradok – Hirtelen egy ötlet villant be. Felkönyököltem, hogy nagyjából lássam Chris arcát. – Talán... te... elkísérhetnél.

- Tessék? – Chris arcán meglepődést és aggodalmat láttam.

- Igen, azt szeretném, ha te lennél a partnerem.

- Szó sem lehet róla. Már így is túl sokat kockáztatok – Chris megfogta a karom és félre tolt. – Nem lehet, sajnálom.

- Ugye tudod, hogy most jelentetted ki, hogy magamra hagysz – felkeltem én is. – Közölhetted volna hamarabb is, hogy nem kívánsz részt venni a halálomon.

- Mi az istenről beszélsz, Lisa? Téged nem fognak kivégezi – Chris mélyet sóhajtott. – Szeretlek, de nem tehetem meg. Úgy érzem, fogytán van az erőm, és mindinkább hozzájuk húzok, de... nem akarok elmenni innen sem.

- Pedig ideje lenne eldöntened végre, hogy ki mellé állsz – összefontam a mellkasomon a karomat. – Az, hogy szeretsz, jelen pillanatban nekem nem elég.

- Mit akarsz tőlem? Kérjem meg a kezedet? – Chris arca elkomorodott az arckifejezésem láttán.

- Csak azt kérem, gyere el velem a bálra – próbáltam olyan nagy szemekkel nézni, amilyenekkel anyáékat is sikerült meghatnom.

- Nem tehetem, Lisa! – szavai keményen csattantak, szinte felértek egy pofonnal.

Felkapta a cipőjét, és már el is tűnt a szemem elől.

21. FEJEZET
Csak egy üres test...

A SZÜLEIM, DE MÉG MARY NÉNI sem nyaggattak azzal, hogy meg tudják, mi nyomja a szívemet. Kint ücsörögtem a kertben, és a különféle rózsákat nézegettem. Mary néni virágos kertje volt a környéken a legszebb. *Rózsák?* A felismerés úgy hasított belém, mintha szögbe ültem volna.

Felálltam a hintáról, ami a nagy tölgyfára volt erősítve. Egyenesen a rózsabokrokhoz mentem. Megálltam a vörös rózsa előtt, és beleszagoltam a levegőbe. Csodálatos illata volt. Óvatosan közé nyúltam, hogy a tüskékkel ne sértsem fel a bőrömet. Letéptem egy szálat, és megszagoltam.

- Megnyugtatja a lelket. Néha még beszélek is hozzájuk, és azt hiszem így hálálják meg. – Mary néni mosolyogva végig simított a tearózsákon.

- Gyönyörűek. Anya is imádja őket, de neki nincs ilyen sok – hirtelen eszembe jutott valami. – Igaz, hogy a kísértetek nem szeretik a vörös rózsát?

- Chris mondta? – csak bólintottam, mire folytatta. – Nos, van benne igazság. De én nem ezért ültettem ennyit. Számomra a kertészkedés olyan, mint a gyereknevelés. Brunóval közösen nevelgettük őket, amíg meg nem halt.

- Chris nem hisz ebben az igaz szerelem dologban – mondtam szárazon.

- Te talán igen? – Mary néni nagy zöld szemeivel engem fürkészett.

- Azt hiszem… de ki tudja megmondani, milyen az? Hiszen eddig sosem voltam szerelmes.

- A szerelem furcsa kapcsolat két ember között. Olyankor különösen érzed magad. A másik érintésére vágysz, a neve folyamatosan a gondolataidban jár. Ízlelgeted az új érzéseket, amik hatalmukba kerítenek – hallgattam, ahogy a szerelemről beszél. Csak most jöttem rá, hogy hiába halt meg Billy bácsi, a nénikém mindig szeretni fogja. – Te érzel valami ehhez hasonlót?

- Ha ki akar ugrani a szívem a mellkasomból, az annak számít? – leszegtem a fejem, hogy kerüljem a pillantását.

- Az még nem igazán szerelem, de már majdnem. Az igaz szerelem sokkal bonyolultabb. És fontos, hogy mindketten akarjátok.

- Úgy tűnik Chrisnek elég, ha annyit mond, szeret és szerinte ez bőven elegendő. Fogalmam sincs, miért emel falakat maga köré, amikor már minden olyan jól ment – rájöttem, hogy megint csak magamat sajnáltatom. – Bocs, nem kellene így kiöntenem a szívemet, csak…

- Megértem, hiszen a szüleiddel aligha beszélhetsz ilyenekről.

Jó lett volna több időt itt tölteni a nénikémnél, de hétfőn már utazunk is vissza Greensboroba, amit szerencsémre a szüleim leigazolnak nekem. Fanyarul elmosolyodtam a gondolatra, hogy talán most látok utoljára mindent. Talán ideje lenne búcsút vennem ettől a világtól.

- Van kedved egy kicsit szétnézni a belvárosban?

Erre kicsit felélénkültem. Már rohantam is be a cuccomért a házba. Majdnem sikerült neki mennem apának, de még időben elkapott.

- Hová ez a sietség?

- Mary néni bevisz a városba. Veszek... néhány szuvenírt – kihúztam a karomat apa erős markából, és felrohantam a szobámba.

Bedobáltam a legszükségesebb cuccokat a táskámba, majd megfésülködtem, hogy a hajam ne úgy nézzen ki, mint egy szénaboglya. A megrepedezett tükörben megállapítottam, hogy jól nézek ki úgy, ahogy vagyok.

Mary néni egy égszínkék Toyotának dőlve várt rám. Amint odaértem hozzá, beültünk az autóba és már indultunk is. Mary néni házától alig negyedórára volt a belváros. A Rodney Square-en kerestünk parkolóhelyet. Ez volt a kisváros szíve. Itt megtalálható volt minden olyan üzlet, ami a turistákat is vonzotta. Végül egy kávézó előtt volt üres hely. A meleg levegő szinte mellbevágott, ahogy kiszálltam az autóból. Végig sétáltunk a kirakatok előtt, miközben Mary néni arról kezdett el beszélni, hogy a piacon a legtöbb gyümölcs nem friss. Szerinte a másnaposakat már nem lenne szabad kitenni. Mivel nem jártam sosem piacon, nem tudtam osztani a véleményét. Első utunk tehát oda vezetett. Olyan sok ember volt ott, hogy én könnyűszerrel eltévedhettem volna, ha először járok egy ilyen helyen.

Mary néni karjába kapaszkodtam, és úgy mentem utána. Vettünk friss zöldségeket, majd gyümölcsöt, de csak is olyat, amit szerinte nem volt többnapos. Utána megálltunk a virágárusoknál, de csak feltérképeztük, milyen virágokat árulnak. Két szatyorral ballagtunk vissza a kocsihoz. Bepakoltunk a csomagtartóba, majd Mary néni felém fordulva megkérdezte, hová akarok menni.

Hirtelen azt sem tudtam, mit feleljek, majd eszembe jutott, hogy talán szükségem lenne valamiféle talizmánra, ami talán tényleg elűzi a rossz szellemeket. Mary néni felnevetett az ötletemen, de nem mondta, hogy nem teljesíti a kérésemet. A főtéren vágtunk át, hogy megközelítsük a túloldalon lévő kis ezoterikus boltot.

- Mary néni… – mind a ketten megálltunk a bolt bejárata előtt. – Te ismered Helent?

A nénikém úgy nézett rám, mintha most látna először.

- Természetesen nem – felelte egy fél perccel később.

- Szerintem meg igen, csak nem akarod elmondani – tudni akartam, hogy előző éjjel miért néztek úgy egymásra. – Szóval?

- Nem most. Barbara nem szereti, ha szellemekről beszélgetünk a boltja előtt vagy odabent – Mary néni lezárta a témát, és már ment is befelé.

Követtem a kis üzlethelyiségbe. Azonnal megcsapott a füstölő illata. Nem szívesen jártam efféle helyekre, de most nagyobb szükségem volt erre, mint valaha. Míg a nénikém a boltvezetőhöz ment beszélgetni, addig én körbenéztem. A baloldalon kimondottan csak gyógynövények és italok voltak, amelyek inkább az ember egészségének megőrzésére valók. A másik oldalon könyvek, füstölők, kabbalák és ehhez hasonló dolgok sorakoztak.

- Lisa!

A pulthoz siettem. Velünk szemben egy nő állt. Magas volt, vézna, mint egy topmodell. Rövid fekete haja össze-visszaállt a fején. Szemei erősen ki voltak húzva. Nem gondoltam volna, hogy valaha is találkozok egy igazi gót csajjal. Még a ruhája is magáért beszélt. Fekete top, amin egy fehér macska volt vörös szemekkel. Úgy láttam, fekete nadrágot viselt.

- Lisa, ő Barbara. Segít neked, amíg én átszaladok a szomszédba a postáért.

Ezt nem hiszem el! A nénikém itt hagyott ezzel a nővel, aki alig lehetett pár évvel idősebb nálam.

A lehető legkedvesebben mosolyogtam rá, de ő nem viszonozta.

- Oké, mire van szükséged?
- Hát… izé… nem is tudom – feleltem ostobán.

Mary néni azt mondta, nem szabad kísértetekről beszélni.

- Azt hiszem, megátkoztak – hazudtam könnyedén.

Barbara kilépett a pult mögül és a talizmános szekrényhez lépett.

- Azt hiszem, amire neked szükséged van, az ez – szemmagasságban elém tartott egy nyakláncot, amin egy vízcseppet ábrázoló kő volt. – Egyszerű kvarckő, de sokaknak segített már. És nem hinném, hogy meg vagy átkozva. Az átkozottak másmilyenek.

- Ismersz átkozottakat? – a kérdésem még nekem is furcsa volt, de Barbara most először mosolyodott el.

- Például sokak szerint léteznek olyan ártó lények, akik itt járnak köztünk. A spirituális világban ezek főként lelkek. Olyan lelkek, akik haláluk után a földön bolyonganak, mert nem tudnak tovább lépni. Nem mindenki gonosz, vannak, akik segítenek, hogy hamarabb átkelhessenek.

- Mi a helyzet az olyanokkal, akik meghaltak, de visszatértek?

- Mármint élők? – Barbara sejtelmes mosolyától kivert a víz. – Azok az emberek, akik egy pár másodpercig meghalnak, betekintést nyernek a mennybe vagy a pokolba. Mi sajnos nem tudhatjuk milyen is az, mert még sosem haltunk meg.

- És... – haboztam egy kicsit. – Mi a helyzet azzal, aki több órán keresztül halott, majd újra élő?

Barbara arcára kiült a rémület. Pár lépést hátrált tőlem, mintha én magam lennék egy ártó szellem.

- Valami rosszat mondtam? – kérdeztem, mert nem értettem a zavarát.

- A nyaklánc ajándék. Csak annyit tudok mondani, hogy sok szerencsét, és remélem, megoldódnak a problémáid. Most pedig menj! – egy papírtasakba dobta a láncot, a kezembe nyomta és simán kitessékelt.

Mary néni még a postán volt. Úgy döntöttem, sétálok egy kicsit a környéken, hátha értelmet nyernek a mostanában történt dolgok. A világ hogyan változhatott meg ennyire? Kifordult magából és nincs megoldás. Ha lenne, sem találnám meg. Végül leültem egy üres padra, és a tenyerembe temettem az arcomat. Nem akartam semmit sem érezni. Jó lett volna örökre így maradni, itt maradni gondok nélkül, tudatlanul.

Számomra minden rosszra fordult. Tizenhét évem alatt egyszer sem szenvedtem ennyire, mint most. A legjobb barátnőm semmibe vesz, akit szeretek, szintén átnéz rajtam.

A nénikém egy boszorkány, és a világ talán legveszélyesebb kísértete van a nyomomban. Üresnek éreztem magam belülről, és kívülről is ugyanilyen üresnek akartam tűnni. Bármit megtennék, hogy láthatatlan legyek, mint régen.

22. FEJEZET
Ragyogó hold…

HAMAR ELTELT A HÉTVÉGE. Észre sem vettem, és
már otthon voltunk. A szüleim egész idő alatt
magukkal voltak elfoglalva, csak néha vették észre,
hogy valami nem stimmel velem. A blúzomat
félredobtam, a szekrény mélyébe gyömöszöltem egy
dobozba, hogy ne is lássam. Teresa ruháját pedig
egyenesen a kukába hajítottam. Ha már úgy hozta az
élet, hogy neki ez nem kellett, akkor minek tartsam
meg?

Odakint megint szakadt az eső, ami csak még
egyet nyomott az amúgy is komor hangulatomon.
Eszembe jutott, milyen régen nem írtam a naplómba,
így most elővettem a matrac alól, kerestem egy tollat
a fiókban, majd kinyitottam a kis könyvecskét egy
üres oldalon.

Május 23.

Kedves Naplóm!

Az elmúlt napok pocsékak voltak. El sem

tudom mondani, mennyire. Előző éjjel is

zörögtek és járkáltak a padlón. Az ablak

megint kinyílt. A szüleim nem jöttek fel

megnézni, mi történik, úgy tűnik, már

megszokták. Mary nénitől kaptam pár friss

rózsaszirmot, de nem tudom meddig lesz elég,
mert elég gyorsan fonnyadnak.
Holnap kedd, és találkozni fogok két olyan
emberrel, akiket jelen pillanatban a pokol
legmélyebb bugyraiba kívánok. Az egyik
Teresa, akivel szinte testvérek voltunk egészen
mostanáig. A másik pedig Chris, akitől sokáig
távol maradtam, de végül beleszerettem. Mit
tegyek, hogy elmúljon ez az érzés? A bálra
sem hajlandó elvinni. Most először fogok
itthon ülni és tévézni. Majd pattogatott
kukoricát eszek, és nézek valami béna filmet.
„Vért a vérnek." Csak ennyi kell, de Chris
nem hajlandó segíteni, egyedül pedig félek.
Tudom, hogy ma éjjel is eljönnek. Vajon
mikor lesz vége ennek az egésznek?
Talán… soha.

Megnéztem az utolsó szavakat, majd összecsuktam a naplót, és visszadugtam a helyére. Ültem az ágyamon és nem csináltam semmit. Hosszú idő óta először. Már nem találtam furcsának. Kivéve azt az egyet, hogy szombat este óta nem láttam Christ. Mostanra teljesen megszoktam a jelenlétét. Hiányzott.

Csörömpölésre riadtam fel. Nem is emlékeztem arra, hogy elaludtam. Sötét volt odakint. Az óra piros számai szerint már majdnem kilenc óra volt. A csörömpölés nem maradt abba. Lassan ültem fel az ágyon, és a zaj forrására figyeltem. A szobámban volt, de a sötétben nem láttam semmit.

- Ki van itt? – suttogtam.

Valami hangosan puffant a padlón. Automatikusan nyúltam a villanykapcsolóért, de az a valaki nem engedte. Elütötte a kezemet.

- Ne kapcsold fel! – a hang fiatal volt és parancsoló.

- Miért ne? Látni akarlak.

- Én viszont nem akarom, hogy láss – valakinek a körvonalát láttam, de nem tudtam teljesen kivenni, ki lehet az.

- Mit keresel itt?

- Téged, de aludtál, amikor ide jöttem – most már biztos voltam benne, hogy egy kislány van a szobámban.

- Oké, felébresztettél. Most boldog vagy? Biztos rémesen fontos, ha nem hagysz békén – morogtam.

- Nem kell mindjárt megenni. Bár, amúgy sem vagyok ehető, te meg gondolom kannibál – hallottam, hogy jót mulat a saját viccén. – Mondani akarok valamit. Érdekel?

- Hát persze, hogy… nem. Este van, és aludni akarok.

- Egészen idáig aludtál. Nem szórakozásból küldött ide a te drága barátod, vagy szerelmed, vagy… van többféleképen is?

- Chris küldött? – iménti mérgem elpárolgott, helyét ideges izgatottság vette át.

- Gondolhattam volna, hogy most már érdekelni fog. Nos... – a lány megköszörülte a torkát – Melody vagyok, a Hold lánya, és azért küldtek hozzád, hogy elmondjam, a királynő végső terve a bálon fog kiteljesedni.

- Felesleges izgulnia, mert nem megyek el – jegyeztem meg szomorúan.

- Akkor tényleg feleslegesen jöttem.

- Miért nem láthatlak, Melody? – a kíváncsiságom nagyobb volt a búslakodásnál.

- Ha fény ér, ragyogok, mint egy rakéta, emellett néha megőrülök az egyszerű fénytől, és tombolni kezdek. Sötétben jobb. Meg aztán, odakint esik.

- És, ha uralkodsz magadon?

- Eszednél vagy? Azt mondtam, nem!

Nem érdekelt Melody tiltakozása, felkapcsoltam a villanyt. A szoba fényben úszott. Melody durcás arcával találtam szemben magam.

- Chris elfelejtette mondani, mennyire idegesítő vagy – Melody elfordult, hogy csak a hátát lássam. – Most pedig fogadd el a következményeket.

- Miről beszélsz? Eddig minden normális – talán ezt nem kellett volna mondanom.

Melody egész alakját lassan fény vette körül, majd egyik pillanatról a másikra ragyogni kezdett. Olyan fényes lett, hogy a szemem elé kellett kapnom a kezemet, mert attól féltem megvakulok. Gyönyörű és félelmetes volt egyszerre. Átfutott az agyamon, hogy talán le kellene kapcsolnom a lámpát, de valaki megelőzött.

- Azt hittem, okosabb vagy – Chris lefogta a kezeimet, nehogy véletlenül meg találjam ütni. – Legközelebb hallgass Melodyra!

- Engedj el! – Chris nem engedte el a kezem, csak lazított a szorításán. – Miért jöttél? Azért vagy itt, hogy nehezebb legyen elfelejtenem téged?

- El akarsz felejteni?

- Ne játszd meg magad! Napok óta felém sem nézel, most meg hirtelen felbukkansz a semmiből. Nem akarok tőled semmit, Chris Handrickson! – nedvesség öntötte el az arcom.

Sírtam. Chris egy pillanat alatt a karjaiba zárt, én meg még tiltakozni is elfelejtettem.

- Akkor én már itt sem vagyok – szólalt meg újra normálhangon Melody.

Chrisszel néztük, ahogy eltűnik a kislány, majd csak mi ketten maradtunk a szobámban. Chris visszakapcsolta a lámpát, hogy lássuk egymást. Nyúzott volt az arca, a szemei alatt lila karikák voltak.

- Rémesen festesz, mint egy…

- Igazi kísértet? – rám mosolygott a kedvenc mosolyommal.

Azonnal felhúztam az ágyra magamhoz, és úgy csókoltam meg, mint még talán soha. Chris visszacsókolt és a karjaiba zárt. Beletúrtam selymesen puha tincseibe. Melody megjelenése egy jel volt azért, hogy én és Chris kibékülhessünk. Nekem ennél több most nem is kellett.

23. FEJEZET
Utolsó próba...

AZ EGÉSZ HÉT ÚGY MENT EL MELLETTEM, mintha sosem létezett volna. Teresa ügyesen elkerült az iskolában. Állandóan Edisonnal lógott, hogy valamelyik sarokban elmélyülhessenek egymásban. Undorítóak voltak, és korábban Teresa is így gondolta, de úgy tűnik, változnak a dolgok. Chrisszel csak egy kicsivel voltunk többet együtt. Még mindig ferdén néztek ránk, ha együtt láttak. A bálról sajnos nem tudtam meggyőzni. Valahányszor szóba hoztam, összepakolta a cuccát és ott hagyott. Jill és Bianca kárörvendő mosolyától kísérve kullogtam be az utolsó órára. Elindultam a helyem felé, ahol ezen a héten már egyedül ültem. Chris ugyanis nem méltóztatott mellém ülni, Teresa meg átpártolt a hátsó padok egyikébe. Attól tartottam, hogy a hátsó szektor megrontotta őt.

Lehuppantam a székemre, előszedtem a könyveimet, majd az iPodomat és a fülembe dugtam. Péntek volt, és mint utolsó óra, már nem nagyon csináltunk semmit sem. Egy keményebb Egypt Central számot kapcsoltam be, majd a kezemre hajtottam a fejemet és próbáltam eltűnni. Megmozdult mellettem a másik szék, és a pad is előrébb csúszott. Nem volt kedvem megmozdulni, hogy lássam, ki ült le mellém. De nem is kellett meggyőződnöm erről, mert Chris ujjával végig simított csupasz karomon. Tudta, mikor kell kellően kizökkenteni. Kihúzta az egyik fülemből a fülhallgatót. Közelebb hajolt, gondolom, hogy mondjon valamit.

- Hiányzol – súgta a fülembe, mire még jobban megborzongtam. – Nem kellene folyamatosan veszekednünk.

Felemeltem a fejem, és kihúztam a másik fülhallgatót is. A tanárnő már régen bent volt, de nem csinált semmit, ahogy a többiek sem.

- Te kezded folyton. Vagy már elfelejtetted, miért veszekszünk? – próbáltam a lehető legcsúnyábban nézni rá, de úgy láttam, nem használ.

- Lisa, miért nem vagy képes megérteni? Nekem ez nehéz lenne.

- De én tudom, hogy annyira nem az. És ott leszek én is. Ha el kell... tűnnöd, akkor hazudhatok is, amíg össze nem szeded magad.

- Olyan sok képtelenség jutott eszedbe mostanában, csak hogy magad mellett tudhass holnap este – Chris elmosolyodott, mire belecsíptem a combjába. – Aú! Ezt miért kaptam?

- Mert bunkó vagy – gyorsan körbenéztem, nem figyel-e valaki véletlenül minket, de mindenki magával vagy a padtársával volt elfoglalva. – Miért baj, ha szeretni, akarlak? Akik elméletileg együtt járnak, azok mindenhová együtt mennek – próbáltam értelmes és eléggé meggyőző érvet felhozni.

- Mi nem csak elméletileg járunk, oké? Én is szeretlek, nagyon is, de nekem is szabad félnem.

- Rettegek, nem látod? – Chris felnevetett, majd a székem támlájára tette a karját, mire hátradőltem – Olyan jó lenne, ha nem kellene azon gondolkoznunk, hogyan oldjuk meg a jövőnket. Lehet, hogy holnap este meghalok.

- Ne beszélj hülyeségeket. Senki sem fog meghalni holnap este, főleg nem te. Tudod, rémlik, hogy múlt héten megígértem, hogy vigyázok rád.

- Ja, emlékszem, csak kár, hogy hiába az ígéret, amikor nem fogom hasznodat venni – elhúztam a számat és az ablak felé fordultam.
A nap lassan kezdett előbújni a felhők mögül. Legalább már nem esett az eső. Chris lágyan végig simított az arcomon, mire ránéztem.
- Ki mondta, hogy nem fogod hasznomat venni? – pajkosan elmosolyodott.
A szívem hevesebben kezdett verni a mellkasomban. Ez most szórakozik velem? Komolyan nem hittem el, amit mond. Egy hete még elég határozottan nemet mondott a meghívásomra, erre most benyögi, hogy jön. Ha csak félre nem értettem.
- Ismételd meg lassabban! – kértem.
Chris őszinte nevetésére néhányan odakapták a fejüket.
- Lisa Nack, hajlandó vagy holnap este egy ilyen balekkal menni a bálra?
Azt hittem én is nevetni kezdek, de még mielőtt válaszolhattam volna valamit, kicsöngettek. Mindenki egyszerre szedegette össze a holmiját, majd kicsörtettünk a teremből a szabadba. A levegő fullasztott, de Chris trükkjének hála nem izzadtam le a párás levegőtől. Beültem mellé a kocsijába. A szobafogságom még ugyan tartott, de anya megengedte, hogy Chris fuvarozzon haza, amibe természetesen belefért hazafelé egy kávé is. Vagy valami hasonló. Chris először nem a netkávézónál állt meg, hanem egy ruhásboltnál. Azt hittem, szórakozik velem, de az arckifejezéséből ítélve nagyon is komolyan gondolta. Jót szórakozott rajtam. Próbáltam kicsinek tűnni az ülésen, de ekkor kinyílt mellettem az ajtó, ő meg egy rántással már ki is húzott.
- Na, mi lesz? Bemegyünk?

- Chris mi ez az egész? Miért jöttünk ide? –
kérdeztem őt követve, mert már el is indult.
- Ruhát veszünk. Anyukád szólt, hogy nincs egy
rongyod sem, mert... kidobtad – jelentőségteljes
pillantást vetett rám.
Meg sem várta, mit akarok mondani, csak beterelt
a boltba. Úgy éreztem magam, mintha egy kád vízben
lennék, ahonnan nem tudok kiszabadulni, mert
elsüllyedek. Vajon anya honnan tudta, hogy kidobtam
Teresa ruháját, amikor nem is volt otthon? És miért
beszélt Chrisszel? Chris a férfiruhák között
nézelődött, míg nekem az eladó mutogatta a legújabb
divat szerinti báli ruhákat. Nem mondom, a vén
csotrogány értette a dolgát, ha arról volt szó, kire
melyiket kell rátukmálni. Felpróbáltam egy
fáradtrózsaszínű ruhát, amiben úgy éreztem magam,
mint egy vattacukor. Megálltam Chris mellett, hogy
megmondja, milyennek lát.
- Hát... – párszor megvakargatta kezdődő
borostáját. – Ez nem te vagy.
- Mindjárt gondoltam – felkaptam a szoknya részét
a ruhának, és elmentem felpróbálni egy másikat.
Még vagy ötször jártam ugyanúgy. A végére már
kezdtem unni az egészet. Leroskadtam a
próbafülkében lévő székre, nem törődve azzal, hogy
csak fehérneműben vagyok. Halk kopogtatás zavart
meg, de még ekkor sem voltam képes megmozdulni.
Chris elhúzta a függönyt, én meg csak ültem ott, mint
valami hatalmas kupac izé.
- Valami baj van? – meg sem lepődött, hogy így
látott.
- Haza akarok menni, éhes vagyok és utálom ezt
az egészet – nyafogtam.

- Hoztam neked valamit, amiben szerintem mesésen fogsz kinézni – benyújtott nekem egy olyan színű ruhát, mint amilyen a hajam is volt. – Itt megvárlak, ha segíteni kell – mondta és már ott sem volt.

A ruha tapintása kellemes volt. Azonnal belebújtam, de a cipzárral meggyűlt a bajom. Chris előre tudta, hogy nem fogom tudni felhúzni, ezért mondta, hogy itt lesz, ha szükségem van rá. Belevörösödtem a gondolatba, hogy vajon hányszor láthatott már fehérneműben, vagy akár pucéran, amikor fürödtem. Elhúztam a függönyt, és megbökdöstem a vállát, mire megfordult.

- Segítenél? – hátat fordítottam, hogy megmutassam, mit kell csinálnia.

Chris, ahogy felhúzta a cipzárt, ujjával végig simított a gerincem mentén. Mikor végzett, lágy csókot nyomott a nyakamra.

- Fordulj meg!

Úgy tettem, ahogy kérte. Láttam, ahogy elakad a lélegzete. Az eladó is ebben a pillanatban jelent meg, és tátott szájjal nézett végig rajtam.

- Istenem, Lisa! A szüleid büszkék lehetnek, amiért ilyen gyönyörű lányuk van.

- Köszönöm, Mrs. Witmoor, majd megmondom nekik.

Chris közölte a hölggyel, hogy ezt vesszük meg. Levettem, majd felöltöztem a farmeromba és a topomba. Feltűnt, hogy Chris nem szorongat semmit a kezében.

- Te nem vettél semmit? – kérdeztem.

- Az enyém már a kocsiban vár.

Kifizettem a ruhát, majd beültünk Chris Nissan Micrájába. Hazafelé arról csacsogtam, hogy Teresa álla le fog esni, ha meglát ebben a meseszép ruhában. Chris egész idő alatt mosolygott, szinte levakarhatatlan volt az arcáról. Én is vele mosolyogtam, miközben gombóc nőtt a torkomban a holnap este gondolatára.

24. FEJEZET
Erők találkozása...

REMEGŐ KEZEKKEL ÜGYETLENKEDTEM fel magamra a ruhámat. Előző éjjel nem aludtam szinte semmit, mert megint nem hagytak békén Helen hűséges szolgái, plusz még Melody is megjelent és elkezdett beszélgetni, amihez nekem semmi kedvem nem volt. Kénytelen voltam segítséget kérni, mert valahogy a dekoltázsom nem akart engedni.

- Anya, fel tudnál jönni? – kiáltottam ki az ajtón.

A melltartó valahogy nem tetszett már akkor sem, amikor megvettem, de ezt ajánlották. Anya két perccel később levegő után kapkodva lépett be a szobába.

- Mi van, maratont futottál a konyhától idáig? – viccelődtem.

- Apád sem hagy nyugton. Olyan ideges, hogy... hagyjuk. Mi a baj?

- Segíts úgy felöltöznöm, hogy ne fulladjak meg – kértem.

Anya megigazította rajtam a melltartót, vagyis egy picit lejjebb húzta, amitől a kebleim kicsit megemelkedtek. Istenem, ezt nem fogom kibírni. Utána következett az, hogy segített felhúzni a ruhámat.

- Húzd be a hasad!

- Anya, nincs is hasam! – háborodtam fel.

- Tudod, hogy értettem.

Amennyire csak tudtam, behúztam a hasamat. Ekkor a levegő kiszorult a tüdőmből.

- Oké, most már vehetsz levegőt – mondta.

- Esküszöm, megfojtom Christ, amint találkozok vele.

- Ne legyél ilyen szigorú. Örülnöd kellene, hogy ilyen remek érzéke van a ruhákhoz, főleg ha... rólad van szó. Biztos nem azért választotta, hogy ne kapj levegőt.

- Ja, majd akkor mond ezt, ha én is úgy járok, mint a Karib-tenger kalózaiban Elisabeth – a hajamat rendezgettem a tükör előtt állva.

- Te nem fogsz belezuhanni a tengerbe, mert nem leszel víz közelében – anya átvette a kezemből a fésűt, és elkezdte kifésülni rakoncátlan tincseimet.

- Azt hiszem, ma a Ben L. Smith High Schoolban minden megtörténhet – mondtam.

- Például leönthetnek punccsal – ezen mind a ketten jót nevettünk.

Én azonban tudtam, hogy egy puncsnál sokkal többet fogok kapni. A hajamat anya feltűzte a ruhámhoz illő virágmintás csatokkal, míg én füstös sminket varázsoltam az arcomra. Két aprócska sötétkék köves fülbevalót akasztottam a fülembe, majd újra és újra szemügyre vettem magam. Míg mi anyával a szobámban voltunk addig megszólalt a csengő. Apa volt olyan kedves, és beengedte Christ.

- Lisa!

- Azonnal megy! – kiáltott le anyám.

Felkaptam a cipőmet, amiben már most tudtam, hogy fájni fog a lábam. Anya nyomott egy puszit az arcomra, majd hagyta, hogy lemenjek a földszintre. Chris apa mellett ült a kanapén, a nappaliban. Mikor a cipőm kopogását meghallották, felém fordultak, majd felálltak. Chris igazi úriemberként nézett ki az öltönyében, és olyan helyes volt, amilyennek még sosem láttam.

A szerelmem is végig nézett rajtam. Elállt a lélegzete, aminek én csak örültem. Odalépett hozzám, majd a csuklómra húzott egy a ruhámhoz illő virágot.

- Nekem aztán nem őrültséget csinálni – szólalt meg apa Chris háta mögül.

- Vigyázni fogok rá, Mr. Nack – Chris kézen fogott, és kihúzott a házból.

Tudtam jól mire gondol, mert nekem is az járt a fejemben. A ma estét vagy túléljük, vagy nem. Most már túl sok múlt a tervünkön. Tegnap este, mielőtt elment, elmondtam neki, hogy mire jutottam ezzel a vér dologgal kapcsolatban, és úgy láttam, egyetért velem. Persze mindkettőnkben benne volt, hogy mi van, ha nem sikerül. Akkor természetesen Helen végez velünk, és az apának tett ígéretünkről már most le is mondhatunk.

- Gyönyörű vagy – Chris engem nézett az út helyett.

- Te… is – próbáltam mosolyogni, de nem sikerült.

- Ne aggódj. Melody és a többiek besegítenek, ha szükségünk lesz rájuk. Afféle tartalékok.

- Értem. Csak azt remélem, Helen mégsem jön el ma.

- Én is gondoltam erre, de én már nem merek remélni – Chris egy bal kanyarral befordult az iskola parkolójába.

Megvártam, amíg kiszállt, majd az autó másik oldalára jött, kinyitotta az ajtót és segített kiszállnom, nehogy hasra essek. Lezárta a kocsit, majd a karját tartotta, mire belekaroltam. A bejárat felé tartottunk, amikor már hallani lehetett a zenét. A folyosón volt néhány lézengő diák, akik nem tudtak mit kezdeni magukkal. Mi egyenesen a tornaterem felé haladtunk, ahol olyan nagy tömeg gyűlt össze, hogy képtelenségnek tűnt átverekedni magunkat.

Chris előre koncentrált, majd a diáksereg megnyílt előttünk, mintha valami fontos emberek lennénk. Most az egyszer örültem, hogy Chris bevetette az erejét nyilvánosan. Persze ebből a többiek semmit sem érzékeltek, mert amint bent voltunk a teremben, újra egy csoporttá váltak. Egy Blondie szám üvöltött mind a négy hangszóróból, amelyek a tornaterem sarkaiban voltak elhelyezve.

- Táncolunk? – kérdezte Chris túlharsogva a zenét.

Bólintottam, mire a táncolók tömege felé húzott. Egészen a közepéig mentünk, majd megállt és megfogta a kezem. Táncolni kezdtünk a zene ritmusára. A hangulat remek volt. Szinte minden gondomat elfelejtettem, és csak a szórakozásra koncentráltam, meg arra, hogy Chrisszel vagyok. A fejünk felett lévő diszkógömb különös fényekkel világította be a termet.

Mindenki egyszerre mozdult, egyszerre lépett. Chris párszor megforgatott és most először láttam felszabadultan szórakozni. Amikor kettesben voltunk, még akkor sem engedett fel ennyire. Vagy három dalt táncoltunk végig, mire kifulladva kerestünk valami helyet, ahová leülhettünk. A hátsó bejáratnál megálltunk, hogy szívjunk egy kis friss levegőt.

Chris vállára hajtottam a fejemet, csukott szemmel élveztem a kellemes esti levegőt. Hirtelen még hidegebb lett, ami a gyomromtól egészen a torkomig, majd a koponyámig kúszott. Majdnem felsikoltottam, de Chris olyan szorosan ölelt magához, hogy az megnyugtatott. Már tudtam, ki csinálja ezt az egészet.

- Helen! – szólalt meg kimérten Chris, mire a nő felé fordítottam a fejemet.

- Későbbre vártatok? Hagytam, hogy szórakozzatok egy kicsit – Helen olyan hangosan nevetett fel, hogy odabent elhalt a zene. Mindenki egyszerre sikoltott fel. – Ez az! Játékra fel! – Helen kitárta karjait, majd összecsapta, mire az összes ablak betört.

A fejünk fölül szilánkok zápora hullott ránk. Chris ösztönösen lenyomott, így védve engem. Amikor már nem hullott több szilánk, kiegyenesedtünk és farkasszemet néztünk támadónkkal. A nyakamhoz kaptam, de nem találtam a nyakláncomat, pedig emlékeztem rá, hogy útközben a nyakamba tettem.

- Ezt keresed? – kérdezte Helen, kezében a nyakláncommal. – Ostoba vagy, ha azt hiszed, ez megvéd tőlem – Helen egy másodperc alatt porrá változtatta a nyakláncot. – Az efféle csecsebecsék semmitől sem védenek. Érted? Semmitől. Most pedig… – felemelte jobb karját, majd legyintett vele egyet, mire Chris mellkasán egy hosszú vágás jelent meg.

Chris felüvöltött a fájdalomtól. Odanéztem. Vért láttam. Beterítette fehér ingét. Helen csak kacagott rajtunk, amiért ennyire emberiek vagyunk. Újabb legyintés, újabb vágás. Nem bírtam idegekkel. Chris megígérte, hogy megvéd engem, de most nekem kell őt megvédenem. Tudnom kell szembenézni a faggyal, a vérrel vagy akármivel, amit Helen képes rám küldeni.

- Lisa…, ne tedd – nyögte Chris, de nem figyeltem rá.

Én kellettem valójában ennek a nőszemélynek, és meg is adom neki, amit akar, de előbb még van egy adu a kezemben. Erősen koncentráltam Melodyra és a bandájára, akiket Chris említett még a kocsiban idefelé jövet. Alig, hogy rájuk gondoltam, már meg is jelent egy egész hadsereggel. Helen arcára kiült az őszinte döbbenet, de helyét hamar átvette a düh. Intett a kezével, mire temérdek kísértetharcos jelent meg. Én a Hold gyermekei mögött álltam és vártam. Chris a földön feküdt, fájdalomtól eltorzult arca könnyeket csalt a szemembe. Leguggoltam mellé és megfogtam a kezét.

- Chris… minden rendben lesz – mondtam halkan.

- Lisa, nem kell… ezt csinálnod – gyengén, de megszorította a kezemet.

- Tudnod kell, hogy szeretlek. És nem hagyom, hogy bántson minket – lehajoltam, és csókot leheltem hideg ajkaira.

Igyekeznem kellett, ha nem akartam őt elveszíteni. Felálltam, és szembe néztem a végzetemmel.

25. FEJEZET
Vért a vérnek...

A HOLD GYERMEKEI ÉS A kísértetharcosok összecsaptak, de Helen nem szállt be a harcba. Ő engem figyelt szüntelenül. Nem torpanhattam meg most, hogy egyenesen a halál markába sétálok bele. Csináljon velem, amit csak akar, de Chris legyen épségben. Mostanáig halogattam ezt az áldozatot, de rájöttem, hogy nem kerülhetem el.

Megálltam Helennel szemben és vártam. Egyelőre még nem csinált semmit csak nézett. Most ezt lesz? Nézzük egymást, míg meg nem unjuk, aztán mindenki szépen hazamegy? Nem félek tőle, nem félhetek. Chrisért teszem ezt az egészet. Csak ez lebegett a szemem előtt.

- Felkészültél? – kérdezte túlvilági hangon.

- Mire kell felkészülnöm? – kérdeztem vissza cinikusan.

- Látom, szemtelenkedni van elég merszed. De vajon ugyanolyan bátor is vagy? – Helen fekete szemei gonoszan csillogtak.

A csata a hátam mögött zajlott, Chris haldokolt, nekem pedig sürgősen döntenem kellett, belemegyek-e Helen játékába.

- Jól van. Legyen! – reméltem elég magabiztosan szólt a hangom.

Helen elmosolyodott, majd rám szegezte mutatóujját, mire úgy éreztem, mintha egy hideg vízzel teli tartályban lennék. Kinyitottam a szemem, és akkor tudatosult bennem, hogy ezt nem csak képzeltem, hanem tényleg benne vagyok egy tartályban. Ahogy levegő után kaptam benyeltem nem kevés vizet, ami égetni kezdte a tüdőmet.

Kapálóztam, de nem volt kiút a vízből.

Itt fogok most meghalni. Ahogy erre gondoltam, változott a hely. Nem voltam vizes, ahogy végig tapogattam magam, de a tüdőm ettől függetlenül égett, mint egy kazán. Alig láttam valamit, viszont mászkáló hangokat hallottam. Éreztem, hogy valami végig mászik a karomon. Ösztönösen nyúltam oda, és próbáltam lelökni azt a valamit.

Egyszeriben fények gyulladtak fel. Így tisztán és jól kivehetően láthattam, hol vagyok. Egy pincében voltam, számtalan pók között. Összeszorult a mellkasom a félelemtől. Utáltam a pókokat. Itt pedig mindenféle volt, kicsi és nagy egyaránt. Egyet észrevettem a ruhámon, mire toporogni kezdtem, hogy essen le, de lelkesen kitartott. Egy másik a fejemet célozta meg.

Arrébb húzódtam, mire sikerült belegabalyodnom egy pókhálóba. Automatikusan sikoltottam egyet, mert nem akartam, hogy sokkot kapjak. Ennyi már elég volt. Tudtam, hogy Helen a félelmeimre játszik. És most kapóra jött neki, hogy egy rakás dologtól irtózom. Egyre jobban beleakadtam ebbe a hülye pókhálóba, ahogy ki akartam belőle jutni.

Egy pók nézett velem farkasszemet. Megdermedtem. Nem mozdultam. Azt hiszem egy madárpók volt és akkora, mint a kezem. Ráadásul undorító is. Közelebb mászott hozzám, a szemeim tágra nyíltak a rémülettől.

Nem szabad félned.

Ezt én is tudom, mondtam magamnak, de a hang a fejemben nem az én hangom volt, hogy megnyugtassam magam.

Lisa, gondolj kettőnkre.

Ez Chris volt. Ahogy rágondoltam, a pókok eltűntek, én meg egy csodálatosan szép, virágos mezőn találtam magam. Egy pillanattal később minden szertefoszlott. Helen tombolt a dühtől. Ott álltam az iskola udvarán. A harc még mindig tartott, Chris pedig nem mozdult. Valószínűleg elájult a sok vérveszteségtől.

- Ostobák! – harsogta Helen. – Azt hiszitek, ilyen könnyen túl járhattok az eszemen?

Mary néni szavai jutottak eszembe. *„A lényeg, hogy vért kell adni a vérnek az örök és igaz szerelem jegyében."* Igen, ezt kell tennem. Én szerelmes vagyok Chrisbe, és reméltem, ő is belém. Hátrálni kezdtem, ami nem kerülte el Helen figyelmét. Meglegyintette a kezét, mire elterültem a földön. Bevertem a karomat, és azt hiszem le is horzsoltam. Megláttam egy elég élesnek tűnő követ, felkaptam és Chris felé kúsztam. Amint mellé értem megráztam, hátha még annyira magánál van, hogy kinyissa a szemét.

- Chris... – hiába ráztam nem reagált. – Kérlek, Chris. Szükségem van rád – már majdnem zokogtam kétségbeesésemben, hogy esetleg elveszítettem őt.

Helen egyre közeledett én pedig hiába akartam tenni valamit, nem tudtam, mert egyedül nem voltam elég. A mellkasára hajtottam a fejem és csendesen sírtam. Ekkor a keze megrándult, majd levegőért kapva kinyitotta a szemét. Tudtam, hogy fájdalmai vannak, de még ezt az utolsót ki kell bírnia.

- Lisa...

- Sss. Figyelj rám! Szükségem van rád. De előbb mondanom kell valamit. Őszintén és tiszta szívemből szeretlek, és azt hiszem mindig is szerettelek, csak magamnak nem mertem bevallani. Chris, mondd el, te mit érzel irántam? – fogytán voltak számunkra a közös percek, de meg kellett tennem.

- Én az első perctől fogva... szeretlek. Mindig – lecsukódtak a szemei.

- Ne, ne most! Nem hagyhatsz itt! Éles kacaj hasított a levegőbe. Helen a hátam mögött volt. Tudtam, hogy lejárt az időnk. Még mielőtt igazán hagytam volna, hogy Helen azt tegyem velem, amit csak akar, megvágtam Chris kezét.

- Az örök szerelem nevében – suttogtam. Felálltam a kővel a kezemben és megálltam Helennel szemben. De ez most más érzés volt, mint az előbb, amikor rám szabadította néhány félelmemet. Most nem éreztem semmit, mintha az érzések kivesztek volna belőlem.

- Remélem, nincs több terved, mert most végzek veled. Utolsó kívánság?

- Menj a pokolba! – megvágtam a csuklómat, amiről egyenesen Chris kezére folyt a vérem.

Helen szemei tágra nyíltak a felismeréstől. A harc ott, ahol éppen tartott, megállt. Az égen a Hold sárgából vörösbe ment át, mintha vérrel színezték volna.

- Ne... ez nem lehetséges. Te... – Helen felém kapott a levegőben, de ekkor Melody elkapta.

- Lejárt az időd. Itt az ideje, hogy megkapd méltó büntetésedet – Melody ujjából aranyló kötél kötötte gúzsba Helen tagjait, aki hiába próbálkozott, nem tudott kiszabadulni. – Köszönjük, Lisa.

- Nem, én köszönöm, hogy segítettetek.

- Ideje mennünk! – mondta, rám mosolygott, majd mindenki eltűnt.

Megfordultam és lerogytam a szerelmem mellé, aki semmilyen életjelet nem adott. Nem lélegzett, nem mozdult, nem volt pulzusa. Mellé feküdtem, és csak annyit suttogtam:
- Tarts ki...

26. FEJEZET
Mindig őt...

EGY FEHÉR SZOBÁBAN TÉRTEM magamhoz. Mellettem csipogott valami. Egy gép volt, ami azt jelezte, élek még. Ezek szerint kórházba hoztak. Arra emlékeztem még, hogy lefekszem Chris élettelen teste mellé, de a többi, ami utána történt a homályba veszett. Megpróbáltam felülni, de rájöttem, hogy mindenem sajog. Visszahanyatlottam a párnára.

Egy nővér lépett be a szobába, gondolom, hogy megnézze minden rendben van-e velem.

- Végre magához tért, Ms. Nack. A szülei nagyon aggódtak – kedvesen rám mosolygott.

- Hol vannak?

- Odakint várnak. Elvégzek néhány vizsgálatot, utána beküldhetem őket.

- Az jó lenne – mondtam.

Segített felülnöm, mire felszisszentem. Fonendoszkóppal meghallgatta a szívverésemet, majd ujjával a pulzusomat nézte meg. Valamit feljegyzett a kórlapomra.

- Minden rendben van. Holnap, szerintem, már mehet is haza.

- Kérem! Kérdezhetek valamit? – visszafordult az ajtóból.

- Tessék csak.

- Velem együtt nem hoztak be véletlenül egy fiút is? – a nővér tekintete egy pillanatra elfelhősödött, majd megköszörülte a torkát. – Tudom, ne mondjon semmit.

- Szerencsétlen fiú az intenzíven van. Jól elbántak vele, de túléli – a nővér lemondóan sóhajtott egyet. –

A szülei mesélték, hogy egyszer már volt egy balesete a fiuknak. Tragikus, ha valakit üldöz a balszerencse.

- Később láthatom? – kérdeztem félénken.
- Nem ígérhetek semmit. Most pedig beküldöm a szüleit – és már ki is ment.

Kába voltam az örömtől, hogy Chris mégsem halt meg. Nem tudtam, mit fogok csinálni, ha a nővérke beenged hozzá, de azt tudtam, hogy nehéz lesz onnan eltávolítani. Anya és apa halk sutyorgása törte meg felhőtlen boldogságomat. Anya bátortalanul ült le az ágy szélére, apa állva maradt.

- Sajnálom – mondtam.
- Ugyan, nem a te hibád, hogy egy őrült rátok támadt – közölte velem anya.
- Egy őrült?
- Még aznap éjjel elkapták a tettest – szólalt meg apa álmos hangon. – Azt mondták, már egy ideje keresték, mert megszökött az elmegyógyintézetből. Valami nő. Christ valószínűleg összekeverte a rég elhunyt fiával, téged meg valami ártó szellemnek nevezett.

Azt hittem, felnevetek. Helen mint őrült, én meg egy ártó szellem? Nagyon vicces és találó mondhatom. Ha Chris ezt meghallja, sírni fog a röhögéstől.

- Tudom, azt ígértük, hogy…
- Elég Lisa! Nem a te hibád volt, sem senki másé – apának sikerült belém fojtani a szót.
- Chris tényleg az intenzíven van?
- Laura, nézd mit kellett megérnünk? Nem mi hiányoztunk a lányunknak, hanem a barátja, akit szinte alig ismer – apa színészi előadása mosolyt csalt az arcomra.

- Ez nem igaz, eléggé ismerem őt, és persze, hogy hiányoztatok – mondtam, hogy megnyugtassam őket. Néhány órával később egy magazint lapozgattam, amikor halk kopogtatás zavart meg. Kiszóltam, hogy szabad, mire Teresa jelent meg egy csokor virággal meg bonbonnal a kezében.

- Szia – köszönt halkan. – Hogy vagy?

- Jól.

- Hoztam neked friss virágot, meg egy kis édességet – letette az asztalra, majd odahúzta az ágyhoz a széket és leült rá. – Szeretnék bocsánatot kérni tőled. Tudom, hogy bunkó voltam és meg sem érdemlem a barátságodat. Egyszer sem gondoltam komolyan, amiket a fejedhez vágtam Chrisszel kapcsolatban.

- Akkor mi tartott eddig? – kérdeztem.

- Nem mertem odaállni eléd. Amikor láttalak titeket órákon, meg a bálon, rájöttem, hogy nem gáz Chrisszel lógni, mert tök aranyos. Későn jöttem rá, mit veszíthetek.

- Hát…, köszi a virágot, meg a bonbont. Majd megesszük, ha Chris jobban lesz – mondtam.

- Ó, akkor te még nem is tudod?

- Mit nem tudok? – majdnem leesetem az ágyról olyan gyorsan mozdultam.

- Most jöttem az intenzívről. Odamentem, hogy először Christől kérjek bocsánatot, amikor kiszedték a lélegeztetőt a torkából. Fúj, elég undorító volt, de végre magához tért. Azt hiszem, most hozzák le.

- És ezt csak most mondod? – felpattantam az ágyról, belebújtattam a lábam a papucsomba és már mentem is ajtó felé, de Teresa megállított.

- Szerintem még nem kellene odarohannod. A saját szüleit is alig ismerte meg. Én már csak tudom, mert ott voltam.

- Miről zagyválsz? – egyre türelmetlenebb voltam.

- Agyrázkódást kapott. Időbe telik, mire minden eszébe jut – Teresa lesütötte a fejét.

- Várj, ha jól értem, nem akarod, hogy odamenjek, mert nem ismerne fel? Ne haragudj, de ez nevetséges.

Teresa nem szólt semmit. Elállt az utamból és hagyta, hogy kimenjek a szobából. Persze jött utánam, gondolom lelki támasznak, ha végül beigazolódna, amit mondott.

Nem fogom túlélni, ha Chris nem ismer fel.

- Melyik szoba lehet az, szerinted? – kérdeztem a nyomomban lihegő barátnőmtől.

- Maradj itt, megkérdezem a recepcióstól – Teresa elsietett a recepció felé, miközben engem majd megevett az aggodalom.

Teresa sietős léptekkel visszajött hozzám. Én közben felmértem a terepet, nincsenek-e a közelben a szüleim, de szerencsére sehol sem láttam őket. Valószínűleg lementek a büfébe inni egy kávét.

- Na?

- A folyosó végén, de a csaj megkért, ha lehet, ne nagyon zavarjuk Mr. Handricksont.

- Gyerünk.

Megindultunk a folyosó vége felé, mintha valamiféle akciót készülnénk végrehajtani. Eszembe jutott, hogy most teljesen úgy viselkedünk Teresával, mintha ki akarnánk innen csempészni Christ, aki a főhős a történetben. Elmosolyodtam, mire Teresa érdeklődve rám nézett. Megálltunk az utolsó ajtó előtt, amikor kinyílt, és kilépett rajta egy molett alkatú, középkorú nő. Mi úgy tettünk, mintha kifelé bámulnánk az ablakon, majd, amikor a nő eltűnt besurrantunk.

- Istenem, mi lesz, ha rajtakapnak?

- Ne siránkozz már. Ki is rángatott el abba a temetőbe? Szóval fogd be, és maradj itt az ajtónál.

- Úgy érted őrködjek?

Bólintottam. Tudtam, hogy nem tetszik neki, de ennyit meg kellett tennie, ha újra a kegyeimben akarta érezni magát. Lassan lépkedtem az ágy felé, nehogy megzavarjam Christ. Csukva volt a szeme, amikor végre mellette álltam és ránéztem. Olyan volt, mint egy angyal, csak szárnyak nélkül. A kezem automatikusan elindult az arca felé, de még hozzá sem értem, már kipattantak a szemei.

A kezem megállt a levegőben. Rémülten pislogtam párat, majd gyorsan visszahúztam a kezemet. Hátrébb léptem egyet, hogy ne ijesszem meg túlságosan.

- Szia – köszöntem.

Chris arca egy percig döbbent volt, majd rémült, aztán nyugodttá vált.

- Mondd, hogy nem igaz?

Nem értettem, mire gondolhat, de ha arra, hogy mind a ketten élünk, akkor az nagyon is igaz. Kinyújtotta felém a kezét, mire kicsit félénken, de megfogtam.

- Nem hiszem el. Amikor magamhoz tértem, nem hittem el.

- Pedig igaz. Élünk – egy pillanatra valami eszembe jutott. – Emlékszel rám? Meg úgy… mindenre?

- Apránként minden jön vissza, de a te arcod volt az első, amit látni akartam. Még csukott szemmel is csak téged láttalak, Lisa.

- Jaj, Chris… – odabújtam hozzá.

Potyogtak a könnyeim.

– Óvatosan, még fájnak a vágásaim – mondta lassan.

– Bocsánat – leültem ágyának szélére, de nem engedtem el a kezét.

– Olyan sok mindenen kellett keresztül mennem, mire rád találtam. Te voltál mindennek a kulcsa – magához húzott és megcsókolt. – Szeretlek.

– Szeretlek.

Epilógus
Pár hónappal később

CHRISSZEL MÉG JOBBAN összekovácsolódtunk, mióta megszűnt félszellem lenni. Számomra ez még mindig egy átok volt, amit semmi sem bizonyított jobban, mint az újságok címlapján szereplő Helen, aki végül tényleg egy gumiszobában végezte. Persze, először egyikünk sem volt biztos benne, hogy igaz, ám a történtek erre utaltak. Egyik délután hazafelé sétáltunk a parkon át, ujjainkat összefűzve, és azt találgattuk mennyi idő kellett volna ahhoz, hogy végül egymásra találjunk. Talán csak a körülmények vezettek minket a másikhoz, de az is lehet, hogy nem.

- Hihetetlen, hogy ez… igaz – bökött a fejével a képen látható cikkre.

- Pedig, így van – kedvesem nehezen látta be a tényeket. – Hidd el, az a nő már nem fog ártani nekünk. Gondold azt, hogy ez egy horror film volt, amiben főszerepet kaptál.

- Jó vicc! – nevetett fel Chris. – Szeretem, hogy ilyen szabad a fantáziád – kezébe vette az enyémet, majd csókot lehelt rá.

És ez így ment minden nap, egészen addig, amíg el nem felejtettük Helent. Ez volt a mi történetünk. Kísértetekkel azóta sem találkoztam, így az én titkom marad, hogy ez végül is megtörtént-e.

www.ingramcontent.com/pod-product-compliance
Lightning Source LLC
Chambersburg PA
CBHW060119260626
47160CB00005B/1937